변두리가
사는 세상

변두리가 사는 세상

ⓒ 최한식, 2022

초판 1쇄 발행 2022년 10월 10일

지은이   최한식
펴낸이   이기봉
편집   좋은땅 편집팀
펴낸곳   도서출판 좋은땅
주소   서울특별시 마포구 양화로12길 26 지월드빌딩 (서교동 395-7)
전화   02)374-8616~7
팩스   02)374-8614
이메일   gworldbook@naver.com
홈페이지 www.g-world.co.kr

ISBN   979-11-388-1291-7 (03810)

 충북문화재단
Chungbuk Cultural Foundation 이 책의 제작을 위해 국가문화예술지원 충북문화재단 기금을 지원받았습니다.

변두리가 사는 세상

변두리 최한식의 두 번째 수필집

세상을 보는 내 시선의 근본은 "변두리"다

그곳은 중앙이 아니어서 힘 있는 이들이 모여 있지 않다.

어쩌면 쫓겨난 사람들, 중앙에 들지 못하는 이들이 머무는 곳이다.

힘없고 서럽고 대우받지 못하는 이들이 모여 서글픈 땅이 변두리다.

좋은땅

들어가는 말

나는 작가를 "쓰는 사람"이라 정의하고 싶다. 세상과 사람과 사물과 그 어떤 것에 대해 자신의 생각과 느낌을 끊임없이 글로 적어 가는 이를 작가로 부르고 싶다는 말이다. 그러다 보니 변화하는 내 생각과 느낌을 중시해 글의 완성도를 위한 다듬기에는 소홀하다. 다듬어 훌륭한 문학적인 글을 만드는 것도 중요하지만 나로서는 그 일에 그리 관심을 두고 싶지 않다.

글들을 추리다 보니 최근의 글들이 포함되지 않았다. 세상을 보는 내 시선의 근본은 "변두리"다. 그곳은 중앙이 아니어서 힘 있는 이들이 모여 있지 않다. 어쩌면 쫓겨난 사람들, 중앙에 들지 못하는 이들이 머무는 곳이다. 두 영역의 경계가 되는 곳, 더 이상 물러날 곳이 없는 곳이다. 힘없고 서럽고 대우받지 못하는 이들이 모여 있는 서글픈 땅이 변두리다.

하지만 시선을 조금 바꿔 보자. 외부와 가장 가까이 접해 있는 곳이 또한 변두리여서 이곳이 튼튼하면 나라의 국방에 걱정이 없다. 변두리가 살 만하다면 다른 곳은 염려하지 않아도 좋다. 사람에게 있어 심장과 마음이 중앙이라면 손가락과 발가락은 변두리다. 손과 발이 불편하다면 얼마나 살아가기 어려울까? 일상생활에서 손과 발의 역할과 중요도를 모르는 이는 없을 게다.

돌아보면 글이라고 적어 나가고부터 오래도록 '징징거리는' 신세 한탄과 내 자신의 못남을 길게도 늘어놓았다. 긴 세월 짜증 내지 않고 오히려 겸손하다고 격려하며 들어 준 평생교육원 선후배 '문우님들'께 무한 감사를 드린다. 스스로 이만하면 되었다고 할 때가 오면 그 늪에서 벗어날 것 같은데 내게도 그 순간이 속히 오기를 고대한다. 힘든 세월을 견뎌 준 가족들에게 아무리 감사를 돌려도 부족하다는 걸 잘 안다.

　늦게 내디딘 문학의 길에 지지치 말고 물러나지 말고 마지막 순간까지 현역으로 남기를 스스로에게 부탁한다. 바라기는 한 분야의 울타리까지 가서 소리 없이 담을 넘고 싶다. 한 번이 어렵지 넘다 보면 경계를 넘나드는 '어설픈 얼치기'가 될 수 있을지도 모른다. 무어라 정의하기 어려운 그런 존재로 남고 싶다. 어쩔 수 없는 변두리가 내 정체성이기 때문이다.

　수필 같은 글들과 책을 읽고 내 생각을 펼치는 것들, 그리고 성경에 관한 것들과 그 분야의 글들을 꾸준히 적어 가고 싶다. 내 자신이 작가라고 믿고 있기에 더욱 그러하다. 음과 양으로 나를 응원해 주는 모든 분들께 온 맘으로 감사를 드리고 멋진 책으로 만들어 주시는 "좋은땅"의 모든 분들에게 큰 감사를 드린다.

2022년 9월 최한식

차례

Together

I —   함께 사는 세상

▶화해

　잘해 놓고 더 조심해야 한다네. 마치 산을 오를 때보다 내려올 때가 더 위험한 거와 같지. 어렵고 힘들 땐 다 조심하고 무얼 하든 잘해 보려고 신경 쓰잖아. 왜 예전 사람들이 항상 얘기했지. "그 사람 살 만해지니까 그리됐어."라고. 부부간에도 어려울 땐 별문제가 없어. 아등바등 힘써서 집칸이라도 마련하고 밥술깨나 먹게 되면 일이 생기지. 조강지처(糟糠之妻)를 내치는 일이 얼마나 많았으면 그러면 안 된다는 말까지 전해져 내려올까.

　봄부터 밭 갈아 씨 뿌리고 김매 주고 벌레 잡고 순한 바람에 비와 햇볕이 알맞아야 한 해 농사에 풍년이 들지. 부지깽이도 뛴다는 가을걷이까진 눈코 뜰 새 없이 바쁘니 힘은 들어도 문제 생길 일은 적어. 일은 늘 농사 다 지어 놓고 지붕까지 새로 싹 해이고 나서 생기는 거여. 부부가 고생해서 추수해 곡간에 들이고 겨울날 준비 다 해놓고 근심걱정 없다고 생각할 때 사달이 났지 아마.

　남부끄러운지 세세한 얘기를 안 하니 뭔 일인지는 아무도 몰라. 그냥 둘이 하는 모양만 보고 그렇거니 짐작이나 하고 다시 전처럼 잘되기를 바라는 거여. 작년 동지 되기 전쯤이었는가 싶네. 조짐이 안 좋더라고. 어쩌다 더러 그런 일이 있기도 해서 대수롭지 않게 여겼지. 남의 일에 미주알고주알 참견할 수도 없는 거니께. 알아도 모르는 체, 몰라도 아는 체 지내다 보면 저절로 잘 풀리기도 하잖아. 그런데 그게 아닌 거 같더라고. 한참 막 큰 소리 나고 살림도 집어던지는 거 같았어. 들어가 말리고 싶은 걸 간신히 참았지. 그땐 꼭 뭔 일이라도 낼 것만 같았어. 나중에 생각하니 그냥 둔 게 잘한 거더라고.

이웃들 보기엔 둘 다 데면데면했어. 같이 다니는 일이 없고 애들은 활기가 없어지고 함께 사는 어른들도 기가 죽어 보이더라고. 바깥양반이나 안주인이나 한 성격하는 건 비슷했어. 서로 화를 안 풀고 자존심 세우고 길게 갔나 봐. 남자는 행동으로 보여 주고, 여인은 표정으로 할 말을 대신하는 것 같았지. 얼마나 살벌한지 찬바람이 휘잉 불고 이웃들은 그 집에 드나들기 부담스러워했어. 날씨로 치면 바깥양반은 눈 내리고 바람 불어 땅이 얼어붙고 길은 미끄러운 꼴이었지. 그에 질세라 안주인은 푸르뎅뎅한 얼굴에 몸에서는 냉기 뻗치고 말 한마디 없었고….

옛말 하나 그르지 않아, 세월이 약이라더니 한 두어 달 지나니 서로가 아쉬운 모양이더라고. 그중에도 바깥양반이 더 몸이 다는지 하는 짓이 나날이 달라지는 게 내 눈에도 보이데. 부드러운 소리로 조심조심 한마디씩 시작하더라고. 안주인도 전에는 버럭 역정을 내더니 못 들은 척, 관심이 없는 척 어물쩍 넘어가곤 했어. 초반에는 가끔씩 선물 사다가 눈에 뜨일 만한 곳에 둔다더니 언제부턴가 직접 주고받기도 한다더라고. 조금씩 웃음소리 들리고 얼굴에 화색이 돌았어. 누구더라, 며칠 전에는 둘이 손잡고 나란히 어디 가는 걸 봤대. 그래 그런지 요새는 애들도 입성이 깨끗하고 꺼칠하던 얼굴에 물이 오르는 거 같더라고….

눈치 빠른 이들이 그 집에 가 보니 일 치렀던 살림살이는 깔끔이 치우고 새걸로 개비했다더라고. 없어서 불편하다던 식기세척기하고 청소기도 보이더라나. "부부싸움은 칼로 물 베기"라더니 인제 웬만큼 풀린 거 같아. 얼음 녹고 찬바람 가시니 촉촉이 물기 흐르고 훈기가 돌아 마치 아지랑이 오르고 꽃핀 데 나비들이 여기저기 날아다니는 형국이지.

며칠 있으면 만나는 이마다 멋쩍게 웃으며 걱정하게 해 드려서 미안하다고 언제 떡이라도 한 번 대접하겠다고 할 거 같지. 어제는 둘이 밭에 흙갈이하면서 농사 준비하더라고. 하기는 티격태격 싸움할 때가 있고 화해하고 풀 때도 있는 거지. 농한기 지나고 힘 안 합치면 한 해 농사 망치고 집안 형편 말이 아닐 테니 얼른 풀고 힘을 합쳐야지.

해마다 크고 작은 차이는 있어도 이 집 저 집 돌아가며 그러는 듯도 하데. 사람들뿐 아니라 하늘하고 땅도 그런 일에 별 차이 없는 거 아닌가 싶어. 초겨울부터 서로 멀어졌다 섣달에 정점을 찍잖아. 우수 경칩 지나며 조금씩 풀려 제비 날아오면 화색 돌고 훈풍 부는 게 그 이치지. 그 기운에 달래 냉이 나고, 고운 햇살 세상에 가득해 풀과 나무 온통 불난 듯 꽃피고 가지 뻗고 잎들 푸르게 나는 게지.

그게 생장쇠멸(生長衰滅)이고 봄 여름 가을 겨울, 우주의 기운이고 흐름이지. 싸우고 화해하고 밀쳐내고 끌어안고 웃다 울다 등 돌렸다 마주보고….

땅과 하늘 사이에 화색 돌고 훈풍 일고 꽃피는 좋은 시절, 봄이 빠른 듯 조금 늦은 듯 우릴 찾아왔네. 얼었던 개울물 졸졸거리며 다시 흐르데. 따듯한 햇살에 들풀 벌레 얼굴 내밀고 수군거리며 깨어나듯, 소원(疎遠), 적조(積阻)했던 이들, 마을을 거닐다 덕담하며 화해하는 계절이 바로 이 봄이여.

집으로 가는 길에

집으로 가는 길이다. 길 양편에 늘어선 나무들이 나를 맞는다. 높은 사람을 반기려 늘어선 형태지만 엄숙하거나 진지하지는 않다. 흥에 겨운 듯 이리저리 어깨를 흔들고 손을 펼친다. 그들이 움직일 때마다 눈부신 햇살이 이파리에 부서진다. 거무죽죽하게 무채색으로 우울하던 나무들이 봄을 지나며 하루가 다르게 푸르러 간다.

연두에서 밝은 녹색으로 그리고 짙은 빛을 띠다가 마침내 검푸른 녹색으로 여름을 맞으리라. 산천의 색을 바꾸며 계절의 감상을 느끼게 하는 게 나무들의 변신 아닌가. 그들의 부피만 보아도 계절을 안다. 앙상한 겨울을 거쳐 부푸는 봄과 절정기의 여름 그리고 야위어 가면 가을이다. 해마다 되풀이해 산하를 풍요롭게 하고 우리에게 숱한 먹거리를 베풀어 준다.

자연이 이 땅에 베푸는 종합선물 같은 혜택이 나무들이다. 종류에 따라 조금씩 다 다르다. 인간은 나무에게서 겸허와 겸손을 배운다. 비바람 속에 수백, 수천 년, 그늘과 열매를 선물하며 마을의 아름다운 풍광이 되어 주는 그들 앞에 인간의 존재를 내세울 수 없다. 야트막한 마을 뒷산에 올라 이름 모를 수많은 나무들을 대할 때, 우리가 무엇을 안다고 얘기할 수 있을까. 보고 또 보아도 질리지 않는다. 그들에게 해 주는 것 없이 많은 혜택을 받는다.

눈길을 낮추니 땅위로 솟아오른 풀들이 소보록하다. 나무에 비하면 그 수를 헤아릴 수 없을 만큼 많다. 지구의 많은 부분을 비단처럼 덮고 있으면서도 제대로 대우받지 못하는 그들. 나무 귀한 것은 알아도 풀은 그다지 평가해 주지 않는 듯하다. 나무가 장군이라면 풀은 병사들이라 할까.

사람을 비롯해 동물들에게 기본적인 식량이 되는 것은 나무가 아니라 풀이다. 육식을 한다고 해도 그 고기를 내주는 것들은 또 풀을 먹는다. 나무보다 소중한 것이 풀이 아닐까. 나무 없이는 살 수 있어도 풀 없이는 인류가 생존할 수 없을 듯하다. 그러면 풀은 선물이 아니라 삶에 꼭 필요한 필수품이다.

나무들이 어깨를 흔들고 손을 내민다면 풀들은 온몸을 흔들어 격렬하게 춤을 추며 더 적극적으로 감정을 표현한다. 나무에 핀 꽃들보다 깊은 산속이나 들판, 길모퉁이에 핀 풀꽃들이 더 감성적이다. 나는 정겨움과 애처로움, 서러움, 삶의 의지 혹은 허무를 풀꽃에서 느낀다.

보도블록 사이에서, 시멘트와 아스팔트 깨진 틈새에서 그들은 생의 의지를 불태우며 삐죽이 고개를 내민다. 알아주지 않고, 짓밟아도 채소밭의 잡초처럼 지치지 않는 힘으로 이 땅을 푸르게 한다.

어느 곳을 지나다 누렇게 변한 대조적인 두 풍경을 보았다. 그리

넓지 않은 밭에 누렇게 익은 보리들이 바람 따라 출렁이고 있었다. 또 한곳에서는 여러 채소가 심긴 밭두둑에 주변과 어울리지 않게 누렇게 풀들이 죽어 있었다. 아마도 손보기가 힘겨워 제초제를 뿌렸나 보다. 밭을 돌보는 이는, 그들이 도움은 주지 않고 방해만 한다고 느꼈음 직하다.

잡초라고 제거당하는 풀들도 그 용도를 몰라 그렇지 어딘가 쓸모가 있을 게다. 시각을 달리하면 그들의 역할이 더 크게 보일 수도 있지 않을까. 인류에게 유용한 것으로 취급되는 풀들에 비해 관심을 끌지 못하고 생을 마치면서도 그 순환을 되풀이하는 더 많은 잡초들이 이 초록별을 지켜 나가는 것은 아닐까.

역사에 이름 없이 살다가는 많은 서민들을 민초라 부른다. 전쟁은 장군 몇 사람이 치르는 것이 아니다. 그들보다 훨씬 많은 무명 병사들의 희생으로 승리를 거둔다. 몇 사람 위인이 역사를 이루어 갈 수는 없다. 도도한 역사의 물줄기를 이루며 강을 거쳐 바다에 이르는 이들이 바로 민초들이다. 그 많은 이들을 일일이 기록할 수 없어 그들을 대신해 몇몇만을 기억하는 것은 아닐까.

풀과 나무들은 심겨진 곳에 뿌리를 내리고 따가운 햇살과 비바람을 견디며 꽃피우고 열매 맺으며 자신들의 삶을 묵묵히 살아간다. 우리는 얼마나 소란스러운가. 일마다 희비가 엇갈리고 할 말이 많다. 풀과 나무에게 사람들이 묵언수행이라도 배우면 어떨까.

가볍게 불어오는 바람에 어깨를 맡기고 흥겨워 팔을 흔드는 나무

들과 온몸으로 즐거움을 표현하는 풀들이 있어 집으로 돌아오는 길
이 나른하거나 지루하지 않고 내 마음도 그들을 따라 흥거워진다.

숙명적 고통

어제 사 온 우유가 이상하다. 길쭉한 종이곽이 볼록해, 열어 조금 맛보니 심상치 않다. 유통기한은 남아 있고 물러 달라고 할 사이도 아니니, 버리는 수밖에 없다. 밤 지난 나물국도 쉰 맛을 풍기고 있다. 음식을 버릴 때는 늘 부모님 생각이 난다. 부모님은 양식을 걱정하시고, 마음 졸이며 평생을 사셨다. 좁은 꽃밭을 파고 상한 음식을 묻는다.

모종삽으로 한편 흙을 파 빈 곳에 놓다가 흠칫 놀랐다. 몇 번을 보아도 익숙해지지 않고 소름이 돋는 분홍 갈색의 무리들이다. 정작 놀란 건 자신들이라는 듯, 격렬하게 온몸을 흔들며 뒤집는다. 지렁이다.

지렁이에겐 재난일 게다. 예고 없이 닥친 일에 대응이 쉬울 리 없다. 눈과 귀와 코가 없단다. 어떻게 살아갈까. 그 기본적인 기능 없이 생을 살아 내는 게 안쓰럽다. 입과 배설기관과 암수 한 쌍의 생식기관만 있을 뿐, 다리도 없어 빠르게 도망도 못 가는 지극히 불리한 생존조건으로 살아간다.

그들은 땅과 식물에 기여하는 바가 많은 이로운 존재다. 토질을 기름지게 하고 흙속에 공기가 들어가게 한다. 좋은 일을 하면서 혐오를 받는 것이 안타깝지만, 언제 보아도 깜짝깜짝 놀랄 뿐 정이 가지 않는다. 얼마나 억울할까. 힘써 자신의 역할을 다해도 사랑은커녕 오해 속에 미움을 받으니 원망스러우리라.

지렁이 중에는 낚시 미끼로 쓰이는 것도 많은 모양이다. 얼마나 원통할까. 몸에 바늘이 박히는 고통을 겪고, 생명을 빼앗기며 하는 일이 물고기를 유인해 목숨을 잃게 하는 것이라니…. 속 모르는 물고기들은 또 얼마나 그들에게 한을 품을까. 지렁이의 유혹으로 불의에 생명을 잃었다고 하리라. 보지 못하고 듣지 못하고 냄새 맡지 못한 채 고통에 몸부림친 게 그렇게 큰 잘못인가. 그것도 스스로 원해서 한 일도 아닌 것을.

그들은 새, 쥐, 개구리, 개미를 비롯해 많은 생명체들의 먹이가 되기도 한다. 지렁이가 어떻게 그들을 피할 수 있으랴. 다리도 없이 마디로 온몸을 밀고 당기며 느릿느릿 움직일 뿐이니 생명을 지킬 방법이 없어 보인다.

그러고 보면 지렁이로부터 유익을 얻지 않는 무리가 없는 것 같다. 흙에서 출발하여 식물과 곤충을 거쳐 새들과 사람에 이르기까지 온갖 이익을 누리면서, 모두가 그들을 지나치게 못살게 구는 건 아닌지 돌아볼 일이다.

누군가의 생명을 에너지로 삼아야 하루하루의 삶을 이어 갈 수 있는 게 생태계의 피할 수 없는 법칙이다. 이 냉엄한 현실 속에 어떻게 그토록 무력하게 운명이 정해졌을까. 사랑스럽게 생기든지, 다른 종보다 신체조건이 더 낫든지, 도망이라도 빨리 갈 수 있든지, 아니면 악취나 독이라도 있어야 하지 않을까.

배운 이들은 그래도 그들을 대우해 준 듯하다. 힘없는 그들을 벌레라 하지 않고 이름이라도 동물로 인정해 환형동물이라 불렀다. 또 약을 짓는 이들은 그들의 효험을 알아 지룡(地龍)이라 했다. 하늘에 익룡(翼龍), 물속에 수룡(水龍), 그리고 땅에 지룡(地龍)이다.

처지를 비관해 사라지지 않고 맡은 바 역할을 감당하며 순순히 운명을 받아들여, 대를 이어 이 땅에 살아온 지 수억 년이다. 인간과 비교할 수 없는 긴 세월을 그들은 꿋꿋하게 살아 내고 있다.

눈, 귀, 코와 다리가 없어도 큰 불편이 없는 곳, 땅속에서 긴 세월을 살면서 자신들에게 주어진 빛과 진동에 대한 감각에 의지하여, 앞에 놓인 알 수 없는 삶을 순간순간 살아간다.

상해 가는 음식들을 쏟아붓고는 조심스레 흙을 덮는다. 눈에 거슬리는 그들의 몸부림을 보며 가능하면 흙속에 넣어 주려 마음을 쓴다. 그들의 도움을 받아 더 건강한 환경을 유지하며 그 속에 살고 싶다.

열악한 삶의 조건에서 생태계에 큰 도움을 주는 지렁이를 보며 생각한다. 지렁이와는 비교가 되지 않을 만큼 대단한 재능과 조건을 가진 사람들이 생태계에 이익은커녕 큰 해악을 끼치지는 않는지…. 그 결과를 몰라서가 아니라 자신과 가족들의 한시적인 편리함과 경제적 이익을 위해서다. 더하여 항상 지역과 나라, 인류의 복지와 발전을 위한다는 변명을 한다. 어쩌면 마지막 순간에 지렁이보다 못한 존재라는 책망을 들을지 모른다. 여름이 더 더워지고 하늘이 뿌연 것이 꼭 내 잘못인 것만 같다.

어울려 위로받고 잊어버리고, 사랑하고 미워하며 사는 것이 인간들이다. 좋은 일을 하고도 생명을 위협받으며 숙명적인 오해와 고통을 겪는 지렁이들만 안됐다. 사는 곳을 망가뜨리며 뉘우칠 줄 모르는 사람들, 온몸으로 망가져 가는 것들을 고치며 고통과 오해 속에 살아가는 지렁이들, 둘 다 처지가 불쌍하다. 왠지 상한 음식을 땅에 묻고 돌아서는 발걸음이 무겁다.

▼ 말라 가는 은행잎

　내 방에서 길가 쪽으로 고개를 돌리면 잎들을 모두 떨군 은행나무가 눈에 들어온다. 봄부터 늦가을에 이르는 예닐곱 달 동안 제멋대로 자라난 가지들이 울을 이뤘다. 울안에 빠진 잎들이 자연으로 돌아가지 못하고 고단한 잔해와 함께 갇혀 있다. 금빛이던 잎들이 갈색이 되어도 몇 차례 바람이 불어도 그곳을 벗어나지 못하고 낡아만 간다.

　아침나절에 소슬바람 불더니 갇혀 있던 색 바랜 잎들이 반짝인다. 눈 녹은 물기가 빛을 되비추나 보다. 가느다란 줄기사이로 점차 낮아져 가는 잎들 높이가 드러난다. 눈이 내려 쌓이더니 그 후로 또 낮아졌다. 엉성한 까치집을 떠올리게 하는 저 모습은 언제쯤 내 시야에서 사라질 수 있으려나.

　며칠 전 방송으로 스쳐들은 한 위안부 할머니가 돌아가셨다는 이야기가 생각난다. 아흔두 살, 열일곱에 중국으로 건너가 해방 때까지 고초를 겪으셨단다. 해방이 되고도 귀국하지 못하다가 2011년 국적을 회복하고 그다음 해에야 돌아오셨다고 한다. 이제 스무 분 남짓 생존해 계신다. 위안부 문제가 표면화되고 일본에 사죄를 요구

하는 수요 집회가 십수 년 이어졌지만 일본의 반응은 차갑기만 한데 고초를 겪은 분들은 하나둘 세상을 떠나신다.

그분들의 맺힌 한을 조금이라도 풀어 드릴 수는 없었나? 최소한의 양심도 기대할 수 없는 일본을 향해 언제까지 대답 없는 외침을 계속해야 하는가. 국민을 제대로 지키지 못한 책임은 국가에 있다. 현 정부가 사죄하고 그분들의 노년과 복지를 챙겨 드리고 그 고초를 기억하기 위한 일들을 해 나가는 게 합당하지 않을까 싶다. 밉기도 하고 얼굴을 마주하기도 싫지만 그럴 수 없는 것이 이웃 국가와의 관계고 국제사회의 일이다. 일본이나 우리가 영토를 옮기지 않는 한, 인근 국가라는 운명을 피할 수 없다. 일본이 고와서가 아니라 우리의 이익을 위해 그들과 협력과 교류가 필요하다. 마음이 더 너그러운 편이 용서해야지 다른 수가 없을 듯하다.

같은 처지의 할머니들 가운데 몇몇 분들이 경기도 광주시 퇴촌면의 '나눔의 집'에서 살고 계신다고 한다. 왜 잔가지 울 속에서 삭아져 가는 은행나무 잎들을 보면서 그분들이 떠올랐을까. 그분들은 우리 사회가 기억해 주기를 원할까, 아니면 잊어 주기를 바랄까. 지나간 아픈 상처를 언제까지고 파헤치고 들춰내기보다 이제 남은 날들이라도 조용하게 사시도록 해 드리는 게 남은 이들이 할 일은 아닐까.

자주 대하는 이들과 희로애락이 쌓일 수밖에 없다. 국제사회를 보아도 이웃 나라와 좋은 관계를 유지하기는 어렵다. 긴 역사를 이어 오면서 숱한 은원(恩怨)이 중첩되기 때문일 게다. 개인의 일생을 보아도 가족 구성원들이 서로 깊은 영향을 주고받고, 학창시절에도 가장 친한 친구와 티격태격하는 일이 많을 수밖에 없지 않은가. 국가적 견지에서 우리는 북한과 일본에게 많은 영향을 주고받으며 살아왔다. 우리가 상대하는 그들은, 북한은 떼쟁이 같고 일본은 조직 폭력배집단을 닮았다.

자연은 순환한다. 한곳에 멈춰 있으면 문제가 생기고 건강상태가 지속되지 않는다. 우리를 둘러싼 정세가 흐르지 않고 있어 계속 문제가 불거진다. 우리 지역이 아프니 세계의 시선이 모인다. 이해 당사자들이 풀기 어려워 주변이 나서지만 자신들의 일이 아니어서 한계가 있다. 흐름이 막힌 곳을 뚫어 선순환(善循環)을 일으키는 지혜와 용기가 필요하다. 때론 꽉 막힌 가해자보다 상처가 아물어 가는 피해자의 용서와 아량이 빛나는 순간이 있다. 오늘의 삶을 위해 손해 볼 줄 아는 아량을 보이고 이제는 그들이 못된 짓을 할 수 없도록 확실히 저지할 수 있는 강한 힘을 갖기 위한 노력이 현명하지 않을까?

선순환을 위해 막힌 곳을 뚫는 강한 압력과 용해제가 필요하다. 대일본 문제와 북한에 대해 온 국민의 공개적이고 적극적인 합의가 이루어졌으면 좋겠다. 답답한 그들에게 의존하느니 차라리 우리가 주도적으로 뚫고 털어 버리고 상생의 앞날을 열 수 있다면 좋겠다.

고개 돌리면 눈에 띄는 엉성한 까치집 모양의 울 속에 갇힌 은행잎들은 잊힐 자유조차 없는가 보다. 가끔 찾아와 짹짹거리는 참새들은 조금도 답답하거나 불편해하기는커녕 말라 가는 은행잎들을 푹신한 이불 정도로밖에 느끼지 않는가 보다.

햇살에 조금씩 낡아 가는 것이 자연스런 해결책일까. 햇살로 삭막했던 나무에 싹을 틔우고 꽃피우고 열매 맺고 마침내 단풍들고 갈색으로 변해 떨어져 가지 사이에 쌓이게 했으니 이제는 그들을 잘게 부수어 우주의 거름으로 삼을 수 있는 힘도 햇살이 가지고 있을 듯도 하다.

겨울부터 준비해 한 해를 산 그들의 수고와 지나간 날들의 비바람과 먹구름을 추억하기 위해 마지막까지 잎들을 지켜볼 의무가 있는 건 아닐까. 그들의 날은 길어야 내년 삼사월, 새 잎들이 나오는 시기를 넘을 수 없을 게다. 겨울 햇살과 바람에 나날이 부피는 줄고 높이가 낮아져 간다.

지금 내게 필요한 건 자연이 행하는 일들을 경건하게 바라보며 그에 견주어 세상일을 헤아리는 한 사람 성찰자로서의 역할과 여유가 아닐까.

살아가는 이야기

생각해 보자. 우리 사회의 근원이 농경이었고 오랫동안 혈연중심의 닫힌 사회였다. 신문·방송이 없고 행정·치안이 약하고 복지개념도, 자선 기관도 없었지만 공동체는 흔들리면서도 잘 굴러갔다. 투표나 임명을 하지 않아도 존경받는 지도자가 있었고 닮고 싶은 어른과 가르쳐 줄 스승도 있었다. 세월과 함께 형제들도 식구가 늘어나 살아갈 더 넓은 곳이 필요했다. 첫째는 농경 중심의 마을을 지키며 가난하지만 낙천적으로 살고 둘째는 체면과 자존심을 지키며 경치 좋은 곳에서 일보다는 글 읽기를 힘쓰며 지낸다. 셋째는 자원이 풍부한 곳에서 부지런히 일하여 여유가 있고 막내는 인구가 많은 곳으로 이사하여 공부를 많이 하고 사업에 성공해서 경제적으로 부유하게 산다. 막내는 드러내진 않아도 가장 이재(理財)에 밝고 자기중심적이다. 논리가 분명해서 반박할 수도 없다.

지난번에는 맏형 마을에 홍수가 나고 가뭄이 든 데다 전염병까지 돌아서 큰 어려움을 겪었다. 다른 형제들도 참여는 했지만 막내가 대부분의 경제적 부담을 떠안았다. 온 가문이 막내네 가정에 드나들고 이 모양 저 모양으로 신세를 지고 사니 문중의 일도 자연 막내의 영향력이 가장 크고, 말은 하지 않아도 다 그 눈치를 보며 산다. 형제들은 막내가 지나치게 현실적이고 이재를 추구한다는 것을 알지만 어쩔 수가 없다. 때로는 자존심이 상해도 표현하지 않는다. 날로 모든 일에 막내의 힘이 커지고 있다. 아이들의 장난감, 옷, 읽는 책, 흥얼대는 노래, 심지어는 먹는 음식과 놀이까지도 막내네 것을 따라하고 필요한 것이 생기면 막내에게 가는 수밖에 없다. 각 가정의 문제를 스스로 해결하기보다 일단 결정한 것을 막내에게 가져가 동의를 얻은 후에 하다가 이제는 허락을 받는 수준이 되었다. 급한 일은 아예 집안에서 상의도 하지 않고 막내에게 달려가기도 한다. 막내도 그런 일들이 잦아지니 문중 일을 전담해서 처리하는 일꾼을 고용했다. 이제는 막내를 직접 만나지 못한다. 대부분 전담 고용인을 만나 문제를 보고하고 그와 막내가 결정한 사항을 듣고 돌아와 일을 진행시킨다.

형제들 가정의 아낙네들이 명절과 큰일 때에 만나서 음식도 만들고 살아온 이야기와 최근의 형편들을 와자한 분위기로 함께 나눈다. 언제부턴가 막내네는 준비하는 자리에 오지 않고 당일에 선물을 잔뜩 들고 나타난다. 씀씀이 자체가 달라서 형들과 형수들 그리고 조카들에게까지 넉넉히 용돈을 안긴다. 그 액수가 만만치 않아 불만은 커녕 하나같이 고마워한다. 그런데 최근 들어 분위기가 이상하게 흐르는 듯하다. 맏형 부인에게서 얼떨결에 한마디 불평이 나오자 봇물이 터지듯, 기다려 온 것처럼 막내와 그 아내에 대한 불만이 누구랄

것도 없이, 이구동성(異口同聲)으로 쏟아져 나왔다. 음식 준비도 멈추고 한동안 모두가 신나게 쏟아 내고는 얼굴들조차 환해진 모습이었다. 돈이면 다 되나, 해도 너무한다, 위아래도 없나, 눈꼴서서 못 보겠다, 뭔가 단단히 잘못됐다는 투의 얘기들이 주를 이루었다. 그 이야기들은 확인할 필요도 없이 지아비들에게 전해졌을 게고 한두 번은 동생을 두둔했겠지만 되풀이되는 아낙들의 말에 남편들도 실은 자신들도 똑같이 느끼고 있었다고 실토했을 것이다. 막내 가정을 뺀 다른 이들이 똘똘 뭉치는 계기가 되었고 그들은 근거 있는 자신감을 가지고 공격할 기회를 노리게 되었다. 절대적인 수적 우위가 주는 힘이었다. 벼르던 명절이 돌아오자 먼저 온 동맹군들은 공동의 적을 공격할 치밀한 계획을 세웠다. 막내네로부터 선물과 용돈을 챙기고 난 후에 셋째네가 적당히 시비를 걸고 감정을 고조시킨 후에 울음을 터뜨리면 맏이네가 중재와 수습하는 척하며 막내네를 몰아붙일 때 일시에 합세해서 공격을 한다는 것이었다. 작심하고 대드는 데 당해 낼 장사가 어디 있나. 아무 방비 없이 일방적으로 당한 막내네는 완패할 수밖에 없었다. 얼마나 자존심이 상했던지 그들은 명절의 행사를 채 끝내지도 않고 씨근덕거리며 서둘러 고향집을 떠났다. 긴 세월을 문중 일이라면 도맡아 하고 그토록 물심양면(物心兩面)으로 형님들 가정을 돌봐 왔는데 한 집도 자신들 편이 없었다는 것에 더할 수 없는 배신감을 느끼고 화가 치밀어 올랐다.

막내는 형들 가정을 돕는 일을 중단했다. 특히 모든 편의를 보아

주며 공부를 가르치던 둘째 형네 집의 아이들을 아무 말도 없이 돌려보냈다. 형들의 가정에서 도움을 청하는 것들을 모두 거절했음은 말할 것도 없었다. 다급해진 것은 형들 특히 아낙네들이었다.

그로부터 얼마 후 막내는 셋째 형네 집을 방문했고 별 말 없이 푸짐한 선물과 두둑한 용돈을 안기고 돌아갔다. 그 일은 일정한 시차를 두고 둘째 형과 맏형의 집에도 이루어졌고 형들의 가족들은 그들이 돌아갈 때에 만면에 웃음을 머금고 진심으로 고마워하며 환송을 했다.

지난 명절에는 모인 이들이 들뜬 기분으로 막내네를 기다리며 그분들은 워낙 바쁘니 명절 당일에 오는 것이 당연하다고 입을 모아 말했다.

삶의 소리들

십여 년 넘게 시장통에서 살았다. 크지 않은 시장에, 손님들이 많아 늘 북적이고 이런저런 소음이 항상 들려왔다. 여러 가게들 소리도 만만치 않은데 언제부턴가 번영회에서 스피커를 켜 놓기 시작했다. 주로 1980~1990년대의 그리운 노래들이 많았는데, 한두 번 듣기는 괜찮지만 끊임없이 들려오니 소음이었다. 걸어 오 분 거리도 안 되는 곳으로 이사를 했다. 어찌된 일인지 너무 조용하다. 주민들이 사는 건지 의심스러울 만큼 적막했다. 가끔 폭주하듯 오토바이 소리가 거슬리고, 수리한 집에서 불규칙한 딱딱 소리가 울려올 뿐이었다.

두세 해 전이던가. 근처에서 나이든 여인의 울음소리가 한동안 들려왔었다. 사람 사는 게 항상 즐겁고 좋을 수만은 없는 게니 그러려니 했다. 세월이 흐르는 사이에 울음소리는 사라졌다. 이사를 갔나 보다. 가끔 고양이들 싸우는 소리, 아기 우는 듯한 그들의 소음에 신경이 쓰였다. 다른 동물들은 도시화를 겪으며 감소한 것 같은데 고양이는 더 늘어났나 보다. 담을 타고 어슬렁거리다 사람과 눈이 마주쳐도 잘 도망가지 않는다.

이 적막한 삶이 한 달여 전쯤부터 바뀌고 있다. 주변 한 집이 며

칠 동안 부산스럽더니, 살던 이들이 이사 가고 새로운 이웃이 들어
온 모양이다. 평소에 듣지 못한 고성이 들려올 때도 있고, 두세 살 정
도 아이의 자지러지는 울음소리가 담을 넘어오기도 한다. 사람이 사
는 동네가 된 것 같다. 활기가 넘쳤던 내 어렸던 시절 동네 느낌이
다. 담도 대단치 않았고 방음은 서로 신경 쓰지 않아 이웃의 생활하
는 소리들이 자주 들려왔었다. 우는 소리가 제일 많았다. 갓난아이
나 청소년들이 주를 이루었고 가끔은 어른들의 울음도 섞여 있었다.

　정겨운 소리들은 점차 사라져갔다. 이웃들은 도시로 떠나고 마당
있던 집들이 점차 없어지고 아파트가 자리를 잡았다. 집의 구조부터
폐쇄적으로 바뀌어 남의 집을 자주 드나들거나 넘겨다볼 수 없었다.
현관에서 문을 잠그면 외부와 차단되고, 자기 방에 들어가면 가족들
과 분리가 되었다. 가까이 있는 이들과는 단절되고, 스마트폰과 인
터넷을 통해 멀리 있는 이들과의 문이 열린다. 겨울에는 난방을 위
해, 여름에는 냉방을 위해 창문은 꼭꼭 닫고, 답답한 공기는 기계를
통해 청정하게 하고 물은 정수해 마시고 산다.

　새로 이사 온 집은 방음이 익숙하지 않은가 보다. 아기의 울음소
리가 쉽게 담을 넘고 어른들의 고성도 걸러지지 않고 건너온다. 며
칠 전이었다. "나는 가리라 주의 길을 가리라 주님 발자취 따라 나는
가리라." 귀에 익은 복음성가가 들려오고 있었다. 몇 번 반복되는 걸
보니, 유튜브를 통해 거듭 듣고 있는 듯했다. 어렴풋이 들려오는 발
음이 어딘가 조금은 어색하다. 새 삶을 살려고 이 땅에 정착한 조선

족 동포인가 보다. 같은 믿음을 가졌다는 생각에 갑자기 친밀감이 느껴진다. 정작 목회자 가정인 우리 집은 복음성가가 울리는 일이 거의 없는데, 이웃에게서 커다란 찬양 소리를 들으니 이상하다.

이사하면서 옆집이 교회요, 목회자 가정이라는 걸 들었을 게다. 어쩌면 삶의 소음이 조금 있다고 해도 잘 지내보자는 뜻 같기도 하고, 공통점이 있으니 경계를 풀자는 것도 같았다. 내 편에서도 적잖이 안심이 되었다. 교회 활동으로 소란스러울 수 있는데, 같은 믿음을 가지고 있으니 이해해 줄 것도 같고 거부감이 적을 거라는 생각이 들기도 한다.

서로 담을 맞대고 있지만 가까운 곳은 서너 발짝도 되지 않는다. 집안에 더 먼 곳이 많다. 그렇지만 나는 아직 그 가정 사람들을 한 번도 얼굴로 대하지 못했다. 귀로만 들었다. 그들은 소리로도 우리를 듣지 못했으리라. 누가 이웃인지 몇 달이 지나도 모르고 살아가고 있다.

갑자기 이웃의 두세 살 아기 울음소리가 담을 넘어온다. 며칠 전 병원에 다녀왔다며 아이가 딸이라고 알려 준 목소리가 귓전에 살아난다. 나도 얼마안가 아기 울음소리를 무어라 할 수 있는 형편이 못 될지 모른다. 어느 날 외손녀가 날 찾아오고, 어느 게 맘에 들지 않거나 불편해 커다랗게 울어 댄다면, 그 소리가 온 동네에 퍼질 게 아닌가. 아이를 적게 낳아 인구의 불균형이 심해지고 나라가 늙어 간다고 걱정이다. 아기 울음소리를 듣는 게 얼마나 다행스런 일인가. 이웃에 사는 그들이 애국자라는 생각이 든다.

조금은 생활소음이 있어도 좋겠다. 사람 사는 동네 같고 이웃이 있다는 안도감을 느낀다. 정 귀에 거슬리는 이들은 창문을 닫아 대처를 하리라. 듣기 싫어도 참고 살아야 하는 오토바이 소음도 있고 신경을 긁어대는 고양이 소리도 견디고 사는데 그에 비하면 사람 살면서 나는 소음은 정겹게 들어 줄 만하다.

아기들이 내는 소음은 인류의 역사를 이어 가는 소리요, 감정에 충실한 소리 같아 그렇게 귀에 거슬리는 것 같지 않다. 삶의 소리는 적막에서 오는 내 긴장을 풀어 주는 좋은 역할을 한다. 또다시 아기 울음소리가 담을 넘고 있다.

구름이 그리는 무늬

집으로 가는 길. 식을 줄 모르는 더위에 매미 울음소리가 신경질적으로 짜증을 더하니 눈길은 자연히 하늘로 간다. 하늘 한 쪽 동편에 뭉게구름 피어올라 햇살 받은 윗부분이 빛나고 있다. 하늘에 많은 공간들이 푸른 채로 그 바닥을 드러내고 드문드문 흰 구름이 바다에 돛단배처럼 점점이 떠간다. 켜켜이 쌓인 하얀 구름이 언젠가 보았던 높은 산에 쌓인 눈처럼 보인다. 생각이 그에 미치니 눈을 보는 심정이 되어 시원한 느낌이 살아서 온다. 자세히 하늘을 보니 얼음언덕이 있고 빙하가 보이고 눈 덮인 산으로 오르는 길도 희미하게 보인다.

동양의 하늘은 하늘의 뜻을 알리고 읽어 내는 공간이었다. 낮에는 일식과 구름, 가뭄이 드러나고 밤에는 월식과 별들의 움직임, 혜성의 나타남이 있었다. 민중과 지배자들의 시선은 땅보다 오히려 하늘에 머물고, 땅은 멀리 전체를 보는 게 곤란했지만 하늘은 누구에게나 활짝 열린 공간이었다.

하늘 바닥이 하얀 얼음조각들로 채워지기 시작하고 있다. 쏟아져 내리던 한낮의 햇살도 구름에 가리어 모습을 감추고 도로를 달구던 열기도 수그러들었다. 복잡한 땅을 잊고 시원한 하늘을 보려 하니 전선들과 건물에 가려 온전한 모습을 볼 수가 없다. 시골이 나으리라. 하늘과 통하기 위해서는 시골로 가서 높은 산에 오름이 좋으리라. 어느덧 흰 구름이 빈틈없이 하늘을 덮었다. 한여름에는 하늘을 덮는 구름이 반갑다. 올해는 가물어 이곳저곳서 아우성이니 빗소리가 아니라 구름만 보아도 반갑다.

집 안에 들어오니 딴 세상이 펼쳐지고 있다. 낮에도 텔레비전은 쉬지 않고 무언가를 쏟아 내고 있고, 고요가 두려운 현대인들은 온몸으로 세상의 모든 것들을 쓸어 담아 소화불량에 허덕이고 있다. 시원한 소식은 가뭄에 콩 나듯 하고 들려오는 소리마다 더위를 부추긴다. 온 국민을 상대로 나라의 공권력이 펼치는 코미디보다 더 웃게 만드는 일들을 보면서 도리어 공권력을 걱정하고 연민의 눈으로 대한다. 한편은 나라와 그 안에 사는 내가 불안하여 서늘하고, 다른 편으로는 하소연할 곳도 찾지 못해 더욱 더위를 느낀다. 속 깊은 곳에서 끓어오르는 열기를 억제치 못하고 밖으로 나가도 덥기는 마찬가지. 열린 공간을 찾아 산언덕으로 간다. 한여름의 불기운은 이성을 잃고 방향을 놓친 듯, 파에톤의 마차처럼 제동장치(制動裝置) 없이 달려만 가고, 도처에서 탄식 소리 슬프고 남 탓하는 비난 소리 높다. 불만과 비난의 소리 연기처럼 하늘로 올라 검은 구름 되는지 흰 구름 밀려나고 검은 구름 촘촘히 하늘을 채운다. 주변이 어둑해지니 마음도 어수선한데 어둠이 하늘을 덮고 땅을 가리자 여기저기 항거의 등불을 켠다.

하늘엔 별들 보이지 않고 비를 품은 바람만 허공을 휩쓸고 간다. 눈으로 검은 하늘 볼 수 없어도 나는 안다. 검은 구름들 함께 모여 평화로이 지내지 못해 밤새 치고받고 싸우며 눈물 쏟고 통곡할 것을. 의견들 밤새 엇갈려 모두가 씩씩대며 치고받아 밤새 횡횡 바람 불고 훌쩍거리며 비가 내렸다. 하늘 형편 모르는 호박꽃과 고춧잎은 새 힘을 얻고, 위로만 오르던 더운 공기는 다시 바닥에 가라앉았다. 때로는 싸움이 필요하다. 적절히 싸우면 문제가 풀리고 갈등이 해소된다. 서로의 아픔을 털어놓고 듣게 된다. 비온 후에 땅이 굳어지고, 싸움 끝에 정이 든다. 앙금이 풀리듯 먹구름들 흩어지고 땅으로 비되어 쏟아져 내려, 여름날 동쪽 하늘 터지고 둥근 해가 솟을 때 신선한 하늘은 바다처럼 푸르고 논밭과 산의 풀들은 자신들의 또 다른 작은 태양인 이슬방울을 자랑하느라 바쁘다.

새하얀 눈 위에 발자국을 새겨 나가듯 알 수 없는 하루를 출발하면서 우리 등에 금빛 햇살을 쏟아붓는 아침 해와 푸른 하늘을 한 번쯤은 보아 두는 게 얼마나 좋은가.

구름은 하늘에 무늬를 그리고 날씨는 흐려졌다 개기를 되풀이하면서 궂은 날과 맑은 날이 번갈아 들어 계절은 오고 또 가고, 노인들은 하늘로 떠나고 청년들은 나이 들고 아가들은 이 땅으로 온다. 앞서 이 땅을 살았던 누군가는 산다는 것은 한 조각 흰 구름 일어나는 것이요, 죽음은 그 흰 구름 스러지는 것이라 했다. 바람 불고 비 내린 숲한 세월에 헤아릴 수 없는 구름들이 일어나고 스러지고 모였다가 흩어져 갔다. 긴 세월 하늘은 흔적 없어도 개나리 나팔꽃이 피었다 지고 벌, 나비 날아와 수많은 사랑 얘기 하늘과 땅 사이를 가득 채웠다.

구름이 하늘에 무늬를 그릴 때, 우리는 이 땅에 사랑을 그린다. 얼마 못 가 모두 사라질 이야기일지라도… 영원히 기억될 것처럼 울고 웃으며 우리 앞 허공에 수놓아 간다. 땅에는 패랭이 들국화 피고, 사람들 싸우고 또 화해하고 사랑을 하고, 하늘하늘 고추잠자리 드높이 나는 하늘가엔, 오늘도 흰 구름이 여전히 새로운 무늬를 그리며 흐른다.

II ── 신화 같은 세상

판도라

    토마스 불핀치가 쓴 그리스·로마 신화를 만화책으로 보고 있다. 신화도 등장하는 이들의 이름과 그 내용이 지은이에 따라 조금씩 다르다. 판도라가 나오는 부분을 읽는 중인데 그 이름 뜻이 '모든 선물'이다. 선물은 다 좋은 것인 줄 알았더니 그렇지 않은 것도 있는가 보다. 에피메테우스가 제우스로부터 판도라를 받는데 그 결과는 모든 이들에게 미친다.

    제우스는 프로메테우스에게 인간들을 만들도록 부탁한다. 프로메테우스와 에피메테우스 형제는 동물과 인간을 만들고 그들에게 갖가지 선물들을 나누어 주는데 그만 인간에게는 줄 것이 없었다. 프로메테우스는 인간들을 사랑해서 제우스가 반대했지만 불을 가져다주었다. 그는 또한 신들에게 바치는 제물도 신들을 속여 인간들에게 유리하게 만들었다. 화가 난 제우스는 벌을 내린다. 프로메테우스에게 내린 벌이 무엇인지 웬만한 이들은 다 안다. 제우스는 헤파이스토스에게 예쁜 여인을 만들도록 부탁해 생명력을 불어넣고, 많은 신들은 한 가지씩 선물을 주었다. 그 여인이 판도라인데 미모와 설득력, 음악적 재능에 애교까지도 갖춘다. 그녀에게 제우스는 뚜껑

이 닫힌 상자를 주고는 열어 보지 말라고 부탁한다. 열어 보지 않으면 있으나 마나고 열어 보지 말라는 것을 어떻게 안 열어 볼 수 있을까. 제우스로부터는 어떤 것도 받지 말라는 프로메테우스의 경고가 있었지만 에피메테우스에게는 벌이든 선물이든 판도라 같은 기막히게 예쁜 여인을 거절할 방법이 없었다.

프로메테우스 형제가 동물과 인간을 만들었을 때 인간에게 주지 못한 선물을 제우스가 주는 셈이다. 그 의도야 선물이 아니라 벌이었지만…. 에피메테우스와 판도라는 제우스의 선물이 궁금해서 견딜 수 없었다. 참는 것도 하루 이틀이지, 마침내 판도라가 그 상자를 열었을 때 그 안에서 욕심 시기 질투 원한 복수 질병 같은 재앙들이 솟구쳐 올라, 재빨리 닫았지만 희망만 바닥에 남아 있었다. 사람들에게 불행이 시작된 것이다. 선물이 벌로 바뀌고 어쩌면 유일하게 남은 희망이 가장 큰 벌인지 모른다.

내가 눈여겨보고 싶은 것은 선물로 포장된 벌이 아름다움이라는 거부할 수 없는 매력으로 전해졌다는 게다. 아름다움을 거부하지 못하는 것은 본능이다. 신화에서 아름다움이 강조되면 탈이 생긴다. 동서양을 막론하고 인류의 역사에서 성적(性的)인 아름다움이 있는 곳에 전쟁과 죄악과 재앙이 얼마나 끊임없이 일어났던가. 성현들이 하나같이 목소리를 높여 경계했어도 허사였다. 강력한 나라가 망하는 길로 들어서는 지름길도 성적인 아름다움에 있었다. 나라가 평화로울 때에도 아름다운 여인들은 왕궁에 불려가 거의 고독한 삶을 살아야 했다. 평범한 이들이 시대와 관계없이 더 수월한 삶을 누렸다.

왜 여인들은 오늘날에도 아름다워지려 안달할까. 본능인가 보다. 나이가 든 분들도 아름답다면 다 얼굴이 환해지고 기쁨을 감추지 못하는 것 같다. 아름다워서 더 유리한 것이 무얼까. 많은 이들의 시선을 끌고 쉽게 호의를 얻을 수 있을 것이다. 반면에 그만큼 유혹과 질투에 휘말릴 위험도 크지 않을까? 아름다운 이들이 주변의 화목에 기여하는 것보다 다툼을 야기할 여지가 많지 않은가? 어느 면으로나 뛰어나다는 것은 많은 이들의 시선을 끄는 것이어서 가능성이면서 부담이 되는 양날의 칼이다. 인류의 문화가 아름다움을 보면 왜 경계와 두려움으로 향하지 않았는지 의문이다. 성형이 일반화되고 당연한 것처럼 여겨지는 세태도 이상하다. 끝없는 경쟁으로 내 몰리는 강박감이나, 자신감과 신념의 부족에서 오는 것은 아닐까.

텔레비전을 보거나 길거리에 나서면 모든 이들이 혹시 판도라는 아닌지 갸웃해진다. 우리 사회가 집단으로 한 방향에 홀려 있는지도 모른다. 차별화의 욕망이, 현실에 있어서 외모의 지속적인 상향평준화로 나타난다. 그것이 더욱 가파르게 남보다 우월한 또 다른 무엇을 갖고자 하는 욕망을 자극하는 것은 아닐까. 판도라로 불리는 선물 혹은 벌은 아름다움인가 희망인가 아니면 또 다른 무엇인가.

판도라는 빛나는 아름다움으로 인간에게 어려움을 주었지만 제우스가 그 여인에게 준 진짜 선물 혹은 벌은 호기심인지도 모른다. 그것 때문에 인류는 역사에 많은 진전을 이루었다. 인간의 지적인 탐구, 문화의 발전과 계승은 호기심이 없었다면 이룰 수 없었을 것이다. 아이들의 호기심은 얼마나 왕성한가. 삼십만 넘어도 호기심을 잃고 알려 주는 것만 배우려 하지 않는가. 제우스에게 본능처럼 받은 그러나 많이도 잃어버린, 진짜 선물을 되찾는 것이 무엇보다 시급한 것은 아닐까?

밖으로 드러나는 미모보다 내면의 아름다움으로, 세월이 흐를수록 끌리는 사람이 된다는 것은 얼마나 대단한 매력인가. 주변을 편안하게 만드는, 내면이 아름답고 호기심 왕성한 사람이 되었으면 좋겠다.

잘못 없고 억울할 뿐…

어쩌란 말인가. 그렇게 태어난 걸. 자신이 원한 바 아니고 선택한 적 없었네. 제 잘못 아닌 일로 설움 속에 갇혀 살다 갔으니 안타깝고 끔찍하네. 아비는 왕이 아니어도 어미는 왕비 분명한데, 지하에 갇혀 하루하루 살았네. 엮여지는 이들마다 안 좋은 일 벌어지니 불행의 원죄처럼 대우받았네. 그도 운명 몰랐어라, 자기 생명 그렇게 끝이 날 줄은….

그리스·로마 신화 읽던 중, 크레타 미궁에 갇힌 미노타우루스를 생각하네. 생명 받아 세상에 오니 환영에 축하커녕 경악, 탄식 가득했지. 어찌 알았을까, 그저 열심히 힘줄, 뼈, 살, 눈, 코, 입 만들기 바빴거늘…. 그 모습 된 게 누구 허물인가. 그의 잘못 하나 없네.

욕망에 눈먼 모친 허물인가, 욕망 넣어 준 포세이돈 심술인가. 애초 약속 지키지 않은 헛 아버지 미노스를 원망할까. 구태여 헤아리면 사람 되어 신 능멸한 헛 아버지 허물 가장 크지. 예쁜 암소 올라탄 황소를 탓할 건가. 감쪽같은 솜씨 보인 다이달로스 책하려나. 파시파에로 넋 놓고 황소 보게 한 미노스의 허약함이 문제 아닌가. 굵고 긴 걸 갈구해 제정신 놓아 버린 왕비 잘못 전혀 없다 할 순 없지. 이

치에 밝은 테미스, 정의로운 디케, 제우스, 파리스, 헤라까지 다 모아물어도 미노타우루스 허물할 이 아무도 없고말고….

경악스런 파시파에, 황당한 미노스, 왕비 소생 죽일 순 없어 눈에 띄지 않는 곳에 가두네. 다시 불려온 다이달로스, 자기도 못 나올 미궁을 만들었네. 먹이도 맘대로 못 하지, 타고난 대로 먹는 수밖에…. 아테네 사람들 무슨 허물 있나, 약소국 국민인 게 죄일 뿐. 그쪽도 바람피워 난 아들 테세우스, 그래도 '노블리스 오블리제'라고 왕의 아들이 희생제물 자청했다네. 그 마음 기특하고 떠날 땐 늠름해도, 열에 아홉 죽는 일에 떨지 않을 이 누군가. 죽더라도 그 용기 가상해라.

크레타에 엄마 닮은 딸 있으니 그 이름도 혀에 착착 붙는 아리아드네. 멋진 데다 씩씩하고 용기 있는 테세우스 한 번 보고 사랑병 걸렸네. 다이달로스에게 묘안 구해 테세우스께 전하네. 그래도 동생인데, 죽이라 칼을 주고 처음 본 왕자는 살아오라 실까지 주네. 제 나라 등지고 도망갈 때까지만 좋았을 뿐. 낙소스에서 잠자다 사랑을 잃었네.

미노타우루스가 언제 아테네 사람 먹이로 달랬나. 테세우스와 결판을 하자했나. 때맞추어 두어 번 먹을 것 받았을 뿐, 청년 장수에게 생명을 잃었네. 삶과 죽음 애달프네. 테세우스와 그 일행만 살판나, 너무 기뻐 돛 바꾸는 것 잊어버려 친부 아테네 왕도 죽고 말았네.

한 떼가 살아가니 약속대로 다이달로스 그 아들과 미궁에 갇히네. 다이달로스가 누군가. 쥐구멍에 볕들 날 있고 하늘이 무너져도 솟아날 구멍 있다는데, 그냥 죽을 위인 아니지. 하늘보고 바닥보다 머리가 번쩍, 새의 깃털 모으고 밀랍 발라 날개를 짓네. 아들에게 날개 옷 매어 주고 창공으로 밀어내며 하는 말, 너무 태양 가까이 날지 마라 밀랍 녹으면 날개 잃고, 추락은 곧 죽음이란다. 알맞게, 치우치지 않기가 힘 솟는 청소년에게 쉬울 리 있나. 하지 말라면 더 하고 싶고, 알아도 못 참는 게 인간인걸. 아들 이카루스 태양열에 밀랍 녹아내 려 바다로 추락해 죽고 말았네.

온갖 재난의 출발점 미노스도 죽음 면치 못했네. 떠나고 죽고 사라지는 모두가 비극이었네. 왕비 파시파에는 어찌 되었을까. 뒷이야기 없어도 능히 짐작하겠네. 섭리 거스른 흰 황소 처형되었을 테고, 경악스런, 사람도 짐승도 아닌 미노타우루스는 미궁에 갇혀 살다 테세우스에게 죽임당했지. 두 딸은 적국 청년과 도망가고 남편 죽고 무슨 수로 살았겠어. 스스로 목숨 끊어서라도 죽었을 테지.

해서는 안 되는 일 왜 그토록 하려 했을까. 하나같이 그걸 못 참고 일 저지를까. 그런 짓에 둘째라면 서러워할 위인이 제우스 아닌가. 윗물 그러하니 아랫물 어찌 맑을까. 그런 걸 다 제한다 해도 신화니 그럴 수밖에. 하지 말라는 것 안 하고 참고 견디면 무슨 사건 일어나고 파란만장한 희대의 일들이 벌어질 수 있을까. 질펀한 한 마당 펼치려면 금기 깨고 극단으로 치달으며, 욕망 쫓아 불장난 벌이는 게지….

밋밋한 현실에서 짜릿한 욕망 세계로 우리를 초대하는 게 신화고 문학 아닌가. 제정신 가지고 삶에 찌들려 살아가는 이들은 자신 향해 다가오는 모험 기회 피해 가고, 삶 틀에 덜 옥죄인, 조금은 제정신나간 어리숙한 이들이 오늘날 신화를 이어 가네. 맨 정신으론 용기 부족해 디오니소스 힘 빌리고 얼마 못 갈 권력을 타고 앞날 재앙 뻔히 보며 다이달로스에게 은근슬쩍 손을 내미네.

누가 보아도 밋밋한, 넓게 포장된 곧바른 길에 신날 일 무에 있겠나. 다들 나이 들고 용기 없어, 안정을 못 벗어던지고 좁고 험한 길 달려갈 열정이 식은 게지. 그게 오늘을 사는 그대와 내 모습이지.

누구한테 물어도 잘못 없고 억울한 미노타우루스 죽이고 엮인 이들 파멸로 몰아넣었네. 금기 어기고 타는 욕망 따라 허덕대는, 인간과 신들의 모습 속에서 리비도와 공격성 찾아내 즐기는 우리가 21세기 프로이트들 아닌가. 미노타우루스, 마침내 우리에게 유죄라 소리치지 않으려나.

우리 곁의 설화

직접 보거나 들은 것이 아닌 몇 다리 건너온 이야기다. 조도환 씨
는 나이가 칠십을 넘었다. 자신은 나름 선비요 시대를 읽고 있다고
여기며 이 험한 세상을 바둑과 벗하며 살아간다. 바둑도 그냥 여기
(餘技)일 뿐 온 마음을 쏟는 것은 아니다. 그 일에 진력했으면 조 씨
에 훈자 들어가는 이들 만큼은 아니라도 조 씨로 부끄럽지는 않을
만큼 프로기사는 넉넉히 되었을 것이고 자신 이름으로 기원 하나쯤
소유하는 것도 어렵지 않았을 게다. 하지만 마음대로 되는 일 하나
도 없다 보니 이제는 세상일에 앙앙불락하지 않고 어느만큼 거리를
유지하고 초연하게 살아간다.

도환은 어려서 촉망받는 수재였다. 교육자 가정에 활달한 신식 어
머니 아래 유달리 총명하여 기대를 한 몸에 받았다. 시골, 형제자매
많은 다복한 가정에 부친은 소심하고 꼼꼼했다. 학교에서 실력을 인
정받고 부친의 영향도 있어 어려움 겪을 일이 없었다. 본인이 소극
적이고 대인관계에 자신이 없어 매사에 전면에 나서기보다 뒤에서
혼자 판세를 읽고 앞일 추측하는 것이 즐거움이었다.

행동보다 사색하는 편이어서 정연한 논리에 판단이 분명하고 정

확했다. 누가 무엇을 해도 단점과 허점이 보이고 자신이 하면 그것보다 잘할 것 같았지만 결코 나서는 일이 없었다. 친하게 지내려고 다가오는 이들에게 응하지 않았다. 모두가 수준 미달로만 보였다. 그게 소문이 되어 돌았고 그 후로는 접근하는 이들이 없어 자연스레 외톨이가 되었다.

그래도 외롭지 않았다. 그럴수록 할 일은 공부밖에 없었고 공부는 한 번도 도환을 외면하지 않았다. 그 세계는 파고들수록 끝이 없었고 흥미로웠다. 게다가 자신이 외톨이라는 것을 잊을 수 있었고 부모님과 선생님들께 넘치는 인정을 받으며 모범생이 될 수 있었다. 공부 하나로 웬만한 것은 다 묻혔고 자긍심을 갖기에 부족하지 않았다.

청년기가 시작되고 있었다. 고등학교를 졸업하고 손꼽히는 유명 대학에 진학했다. 그 대학에서도 가장 이름이 있고 부유한 학생들이 많이 다니는 학과였다. 문제는 거기에 있었다. 공부도 시골에서 말이지 그곳은 온 나라의 수재들이 모이니 앞서기는커녕 따라가기 바빴다. 세 살 버릇 여든 간다고 교우관계가 원만하지 못하니 대학생활이 쉬울 리 없고 친척집에 붙어사느라 기를 펼 수 없었다. 시골에서 이름난 부자라 해도 친구들 씀씀이 흉내 내기 어려운데 소심하고 꼼꼼한 부친은 용돈도 넉넉히 주지 않았다. 친구들과 어울리는 데도 돈이 있어야 하고 그들이 두세 번 사면 이쪽도 한 번은 사야 하는 게 세상 이치 아닌가? 이래저래 대학 생활이 힘겹고 고통스러웠다. 그것을 누구에게 이야기할 수조차 없었다. 힘들여 등록금 대주는 것만도 고맙고 더구나 다 잘하고 있는 줄 알고 부러워하는 이들에게 무슨 말 할 수 있을까? 혼자 속으로만 고민이 깊어 가고 갈등할 수밖에….

군대를 다녀오니 상황은 더욱 악화되었다. 이제는 낯익은 얼굴도 이해해 주는 이들도 없었다. 동기들은 모두 해외로 유학을 가거나 손꼽히는 기업에 취직하는데 자신은 학교에 남으라는 교수도 없고 와 달라고 하는 기업도 없었다. 시험을 보면 서류에 통과되고 필기에 합격을 해도 최종면접에서 번번이 떨어졌다. 집에 가기가 쉽지 않고 자존심이 점차로 무너져 갔다.

그때 지인의 권유로 특수대학원에 진학을 했다. 자의(自意)도 있었지만 많은 부분은 현실도피였다. 그래도 학교 계통에서는 자신의 학력만으로도 높은 인정과 후한 점수를 받을 수 있고, 스스로도 그래도 할 만한 것이 몸에 밴 공부였음을 알고 있었다. 그곳 기간이 길지 않았고 생활자세가 달라지지도 않았다. 언제까지 그곳에 머물 수 없으니 또다시 차가운 사회로 나올 수밖에…. 재능과 성격을 생각하면 학교나 기관에 남아야 하지만 자리를 마련해 놓고 부르는 이 없고 그렇다고 찾아다니며 사정할 성격이 못되었다. 세월은 가고 나이는 들어 그나마 주변에서 잘 봐준 이가 다리를 놓아 어렵사리 결혼을 했다.

결혼을 했다고 상황이 달라지는 것은 아니었다. 신혼이 지나면 서로에게 품었던 환상은 사라지고 가장으로서 져야 하는 짐만 늘어날 뿐이었다. 경제적 능력이 약하고 대인관계 어설프니 어떤 일도 마음처럼 되지 않았다. 함께 공부하던 이들은 시원치 않던 이들도 잘 풀리고 대학동기들은 눈부시게 하늘을 날고 있으니 동창회가 있어도 가고 싶지 않고 어쩌다 가 보아야 마음만 상하여 돌아올 뿐이었다. 누가 잘됐다는 소식을 들어도 진심으로 축하해 줄 처지가 아니다. 내일은 낫겠지. 세상이 알아보겠지, 혼자 위로해 보아도 세월만 흐를 뿐, 대기만성이니 낭중지추니 하는 소리도 다 부질없었다. 세월은 흘러 칠십이 넘고 하던 일에서 이렇다 할 업적 없이 은퇴하니 조도환 씨는 서글프고 또 서글플 뿐이다.

영원을 꿈꾸다

십일월이 되어도 강아지풀 몇 포기 푸른색을 버리고 밝은 미색으로 바뀐 채 내리는 비 맞으며 학교 담벼락 앞에 굳건히 서 있다. 어쩌자는 것인가. 잘나가던 시절의 푸릇함 다 버리고 물기와 색깔 없이 버티고 있는 모습도 가련한데 추적추적 비마저 맞고 있다. 나무도 아닌 풀이 그것도 우람하지도 않은 것이, 바람만 세게 불어도 부러지고 쓰러질 것 같은데 비에도 의젓함을 잃지 않고 견뎌 내고 있다. 여름 한철 무섭게 퍼부었을 장맛비도 저를 쓰러뜨리지 못했을 테니 이런 것은 시련이라 여기지도 않으리라.

바랭이와 강아지풀이 그런 모습으로 자주 눈에 띈다. 그들을 보고 있자면 무슨 한(恨)을 품은 듯하다. 화무십일홍(花無十日紅)이라 하는데 왜 자신의 때가 지나도 바닥에 깨끗하게 쓰러져 사라지기를 거부하는 것일까. 마치 초등학교 시절 방학숙제로 친구들이 제출했던 곤충채집 표본이 된 잠자리처럼 혹은 책 중간에서 수분이 증발된 단풍잎처럼 왜 스스로의 모습을 허물지 못하고 있을까. 지난 삼월에는 더 기막힌 광경을 보았다. 풀의 모습을 그대로 유지한 채 수분이 날아가고 색이 바랜 풀들을 청주 근교 휴양림 길가에서 보았다. 영하의 추위 속에 얼었다 녹기를 반복하면서 끝내 허리를 꺾지 않은 힘이 어디에 있었던가? 이파리에 쌓인 눈 무게도 버티기 힘겨웠을 텐데 어떤 힘으로 견뎌낸 걸까. 끝내 선채로 겨울을 난 기막힌 사정은 무얼까?

창밖으로 보이는 지붕들이 본래의 색을 잃고 있다. 나무들도 청청함을 지나 조금씩 금빛으로 색을 바꾸고 있다. 변화와 소멸이 생명의 이치다. 생에 대한 애착으로 몸부림을 쳐도 자신의 시간이 지나면 후생들에게 무대를 내주어야 한다. 약해진 잎들은 지나가는 바람에도 치열했던 삶을 마감하고 조용히 땅으로 내려앉는다. 오뉴월에 정염을 불태웠던 장미, 그들을 지탱했던 잎사귀들 중에 아직도 줄기에 붙어 있는 이들이 있다. 거무스레해서 비틀린 모습이 고집스런 노욕인 듯 가련하다. 가라. 떨어져라. 미련을 버리라.

마르고 닳도록 살아 보려는 그들의 바람이 부질없고 가련하다. 자신의 모습을 허물지 않고 한 철을 버티는 집념은 가상하지만 오래가지 못한다. 못내 잊히기 아쉬워 동상을 만들고 비석을 세운들 대단한 건 없다. 그들을 수백 년 기린들 본인에게 무슨 차이가 있는가. 세우고 기리는 욕망에 그들이 합치한다는 사실을 말해 줄 뿐이다. 동상과 기념비가 세워진 그분들과 함께한 개인적인 경험이나 감정의 교류가 한순간도 없다. 그분들로서는 더 말해 무엇 하랴.

세계인들이 기리는 경이적인 건축물들이 정말 찬사를 받을 만한 것인가. 그 건축물이 그 자리에 서기까지 얼마나 많은 눈물과 슬픔의 사연들이 생겨났을까. 분에 넘치는 몇 사람의 욕망 때문에 개인과 가정의 온갖 사정들이 무시된 채 긴 세월 노역에 시달린 이들은 그 건축물을 생각하면 치가 떨릴 게다. 경이로운 건축물일수록 고통과 수고가 컸으리라. 뒤집어 보면 대단한 건축물 뒤에는 그에 비례하는 고통과 눈물이 있었다는 반증이다. 영원을 꿈꾸는 자체가 인간답지 못하다. 인간이 이룩해 놓은 것들은 영원에 닿기 어렵다. 처음부터 그렇게 있던 것들이 영원까지 가는 것이다. 하늘과 땅. 산과 바다가 스스로 변화해 가며 영원을 살고 있다.

올 초던가 집 주변에서 겨울을 살아 낸 풀들을 눈여겨보았다. 아파트 담을 의지하고 모진 겨울을 이긴 그들은 의지의 표상처럼 당당하게 자리를 지키더니 어느 날 돌연 사라졌다. 나는 그 곁을 지날 때마다 눈길을 주고 한없이 그곳에 있어 주기를 바랐건만 어느 순간 허무하게 종적을 감추었다. 의지가 약한 이들에게 자극을 줄 수 있을 것 같았고 주변에 보호망이라도 둘러주고 싶었던 그들은 주민 센터에서 실시하는 공공 근로 어르신들이 지나고 나서 그 모습을 다시 볼 수 없었다. 아마 잡초를 제거하고 쓰레기를 줍는 과정에서 어느 성실한 노인에 의해 간단히 제거되었으리라. 영원을 욕심낼 것이 아니라 내 시간을 열심히 살고 깨끗이 떠날 일이다.

학교 담벼락 앞을 지날 때마다 이것이 마지막일지 모른다는 연민의 마음으로 바랭이와 강아지풀들을 하루하루 눈여겨보곤 한다.

샛노란 꽃 한 송이

호박꽃 한 송이 오도카니 피어 있네. 그다지 관심 쏟아 보아줄 이 없는 곳에 서럽게 홀로 피어 어쩌자는 건가. 기름 진 땅도 아닌 쉿조각 감아 돌며 줄기 잎 푸르고 꽃마저 활짝 피니 오히려 안쓰럽네. 친구들은 둥글고 길쭉한 열매들을 자랑스레 달았건만 주인과 땅 잘못만나 즐거운 날 기대 못 하네. 내 눈에 찬란하여 발걸음 멈추고 잠깐 들여다볼 뿐이네.

좁고 척박한 땅에 호박 모종 심었더니 줄기 벋고 잎 달리고 꽃피어 열매 맺더니 얼마 못 가 떨어지네. 두세 해를 거듭하니 아내도 더 이상 열매를 기대하는 눈치 아니네. 그저 잎을 얻고 꽃을 보는 재미 누리고자 함이라네. 올해는 호박잎 따서 벌써 두 집에 안겨 주었네.

제 처지 모르고 무성한 이파리 생기를 띠네. 며칠만 지나도 여기저기 돋아난 잎들은 삶의 의욕 보이네. 볼 때마다 신기한 건, 저들의 넝쿨손이네. 허공 속을 휘휘 젓는 걸 계단 난간 쇠에 올려 주었더니 연약한 손으로 가는 쇠를 두세 번씩 척척 감고 올라가네. 눈여겨 볼 때엔 시치미 뚝 떼고 바람 따라 하늘거리다가 어느 순간 돌돌 감으며 앞으로 잘도 나아가네.

꽃 중에 억울한 게 호박꽃이리라. 샛노란 통꽃이 나름 예쁘건만 꽃으로 쳐 주지 않으려 일쑤 낮추고 무시하는 일에 오르내리네. 대대로 단련이 되었는지 흔들림 없이 피고 지기를 거듭할 뿐이네.

꽃밭 귀퉁이에 심겨 가느다란 줄기 타고 멀리멀리 이어 가는 그 생명의 힘에 경의를 표하네. 그 가는 줄기 타고 어찌 삶이 건너갈까. 혹시 자신이 실한 열매 하나도 맺지 못할 걸 알기나 하려나. 그런 호박들 기르는 거친 땅은 또 얼마나 주인이 원망스러울까. 가진 힘 모두 모아 올려 보내도 옹골찬 열매 하나 영글게 못함이 한스러우리라.

누이가 그러했지. 가난하고 힘없는 가정에 태어나 배움의 꿈조차 펼치지 못한 채 사춘기는 흘러갔지. 가정을 이루고 아들 둘 낳았지만 열사의 나라까지 갔다 온 신랑은 삼십 대 중반에 하늘로 갔네. 시어머니와 두 아들 돌보며 억세게 살아온 세월들. 흙수저로 나서 흙수저로 사네. 육십 너머 몹쓸 병 걸려 갖은 고생 다 겪고도 오직 하나 믿음으로 버티네. 말은 안 해도 친정 시댁 부모님들, 힘 되어 주지 못하는 게 얼마나 안타까웠을까. 미안하단 말 한마디 못하고 어느새 다 하늘로 가셨네.

누이를 한했더니, 스스로 돌아보니 내 무능함이 훤히 보이네. 온 가족의 기대와 지원으로 막내 하나 번듯하게 키워 내, 이 땅에서 당당하게 살기 바랐으리라. 본래 시원찮은 재질에 열심마저 부족하니 스스로 힘겨울 수밖에…. 겉으론 샛노란 꽃 한 송이, 그럴듯해 보여도 기름진 땅에 든든히 뿌리내리지 못했던 게지. 눈앞 호박꽃처럼 그렇게 살아가네. 가문을 살리고 돕기는커녕 내 집안 건사도 만만치 않네.

열매를 거두지 못하면 어떤가. 처음부터 기대하지 않은 걸. 잎과 꽃만으로도 나와 아내는 불만이 없네. 꽃이라고 다 튼실한 열매를 맺는 건 아니지. 꽃꽂이에 쓰여 여러 행사를 빛내고 한 아름 꽃다발 되어 좋은 날 맞은 이들을 축하하면 그 또한 얼마나 좋은 일인가.

쇠 난간을 감으며 앞으로 나아가 싱싱한 잎들을 내놓고 노란 꽃으로 나를 즐겁게 해 주는 호박꽃 보며 내 앞날을 생각하네. 욕심 부린다고 안 될 일이 되어질까. 할 수 있는 일들을 끈기 있게 해 나가야지. 내 삶의 모습 보고 위안받고 새 힘 얻는 이 있다면 그것으로 넉넉하지. 스스로 실망하여 주눅 들지 않으면 내 삶도 꽃처럼 빛나리라.

이 아침이 지나고 햇볕이 더워지면 꽃잎을 오므리고 아름다움이 쇠해 가며 샛노란 호박꽃도 잊혀지겠지. 숙명이리라. 내일은 또 다른 꽃이 피고 또 다른 일들이 우리를 기다릴 것이네. 오늘 내게 맡겨진 일 잘해 내면 그걸로 족하네. 내 꽃과 내 이파리들 하나하나 피우고 내미는 게 내 일이네.

내려가세. 오늘 내 할 일은 쇠 난간에 내 덩굴손 단단히 감는 일이네. 그 후에 샛노란 내 모습을 드러내세. 내 부실함을 아는 이, 모르는 이에게 즐거움 줄 내 꽃을 피우려네. 샛노란 호박꽃 한 송이를….

부모님 생각

높은 곳에 있어 우리 집은 '꼭대기 집'이었고 더 높이 있는 건 절[寺]뿐이었다. 산 아래 무덤을 지나 푹 들어간 곳에 외돌아 앉은 조그마한 집이 어릴 적 내 살던 집이다. 비 오면 마당 옆 경사 따라 빗물이 흐르고, 비스듬한 언덕이 집을 둘러싸고 있었다. 호젓한 길엔 키 낮은 풀들이 듬성듬성 나고 길가엔 오리나무, 찔레나무들이 자랐다. 동쪽과 남쪽 조그만 채소밭엔 장다리꽃들 여기저기 피어났다.

형편이 어려워 친척 도움으로 마련한 집, 내게는 자연과 함께하는 놀이터였다. 때를 따라 나팔꽃, 호박꽃, 장다리가 피고 벌, 나비와 온갖 벌레들이 찾아들었다. 한여름 소나기 쏟아지면 개구리가 뛰어들고, 학교 가는 길에는 들꽃들 지천으로 피어났었다.

어린 시절, 누구나 그렇듯, 우리 집이 대단한 줄 알았고, 친척들 왕래 적어 몰락한 양반이려니 했다. 서너 대만 위로 올라가면 유력한 벼슬 한 조상이 있을 줄 알았다. 나이 들어 보니 그렇지 않았다. 모난 돌이 정 맞는다고, 유력한 가문이면 한말과 일제 강점기, 해방 전후의 혼란기와 한국동란 또 민주화시기 거치는 동안 눈에 띄는 일이나 집안에 전해 오는 이야기라도 있어야 하는데 그런 흔적조차 없었다.

청주시에 살았지만 초등학교 4학년 무렵에야 전기가 들어오고, 내 책상을 처음으로 가져 본 게 중학교에 입학하고 난 후였다. 우리 집은 늘 가난했다. 돌이켜 생각하면 아버지는 가족들을 위해 많은 애를 쓰셨지만 무능했다. 농사철에는 남의 집 일도 하고, 구슬 만들기, 자리 짜기, 냉차장수, 장돌뱅이를 하셨지만 그다지 잘된 일은 없었다. 한 해가 다르게 자녀들은 자라나고 가정형편은 나아지지 않으니 아버지도 많이 답답하셨을 게다.

아버지는 어린 막내인 내게 각별한 애정을 쏟으셨다. 모심는 일을 하면 논우렁이를 잡아다 주기도 하셨고, 나들이를 할 때면 데리고 가고 한여름 냉차장사하실 때는 아침부터 온종일 막내와 함께 지내곤 하셨다.

어머니는 생활력이 강하고 치밀하셨다. 장에서 팔다 데려온 강아지나 닭이 집을 나가면 온 동네를 뒤져서라도 반드시 찾아내시고, 한동안 가게를 크게 하던 동생 집에서 잔일을 하면서 가족 생계를 해결하셨다. 방이 두 칸일 때는 나이가 든 큰형과 작은형이 윗방을 쓰고 부모님과 누나와 내가 아랫방을 썼다. 모두 불편이 많았을 테지만 내게는 더없이 좋은 추억이었다. 그때 나는 다른 가정도 모두 그렇게 지내는 줄만 알았다.

형들과 누나는 높은 언덕 아래 외돌아진 작은 집이 초라하고 부끄러웠을 테지만 내게는 오히려 아늑하고 포근했다. 장독대와 밭과 경사진 언덕에는 철따라 푸나무와 꽃들이 피어나고 울안의 뽕나무와 야생 보리수는 온통 내 눈과 입을 즐겁게 해 주었다.

학교에서 늦게 돌아올 때에는 깜깜하고 호젓한 골목길을 두려움 속에 막내 혼자 타박타박 걸어올 게 걱정되셨는지 어머니는 큰길까지 나와 있다가 내 모습이 보이면 큰 소리로 막내 이름을 부르곤 하셨다.

어머니는, 늘 가난하게 사셔서 어떤 일이든 하지 않으면 불안해하셨다. 노년에는 중앙공원 근처에서 아이들을 상대로 떼기 장사를 하셨다. 형들이 몇 번 말려 보았지만 어머니 고집과 의지를 꺾지 못했다. 그 도움을 가장 많이 받은 건 나였다. 어머니는 젊어서부터 속병이 있으셨던 모양이다. 그 병을 가라앉히려 담배를 배우고 가끔 술을 드셨다. 자주 속에서 무언가 치밀어 오른다며 그것이 몸 구석구석을 돌아다닌다 하셨다. 말년에는 나와 함께 두 해 가까이 사셨는데 자주 의견충돌이 있었다. 내가 조금이라도 철이 들었으면 그러지 않았을 텐데 이제와 마음이 아프다.

먹고 입을 것들이 풍성하고 삶이 편해진 시절을 살면서 춥고 배고픈 시대를 살다 가신 부모님이 더욱 그립다. 하루하루 자식들을 위해 온갖 고생을 마다하지 않고 길러 주신 그 은혜를 어찌 잊으랴. 부모님과 함께 살던 그때가 생각난다. 한적한 산 아랫집에 살면서도 '바위백이 집, 내수네 집, 운전하는 집, 영선이네 집, 은수네 집' 하며 살던… 다 같이 가난하고 힘겨웠지만 이웃이 있던 지난날로 며칠쯤 돌아가 살고 싶다.

벌써 어머니 돌아가신 지 30년이 넘었다. 그때 내 나이가 지금의 큰애 나이와 별 차이가 없다. 나는 아이들에게 무엇을 해 주었나 생각하니 새삼 부모님이 존경스럽다. 자녀들이 나와 아내에게 하는 것을 돌아보면 더욱 부끄럽고 민망하다. 두어 시간이면 다녀올 운동동 마을 조금 빗겨난 곳에 함께 누워 계신 분들을 자주 찾아뵙지도 못함이 더욱 죄스럽고 송구할 뿐이다.

Culture
문화

III — 생소한 문화 세상

굳어짐에 대한 경계

　팝 아트 분야의 대표적 화가 다섯 명의 작품으로 전시회를 하는 곳이 있었다. 대단하다는 이들의 작품이 걸려 있다. 짧은 시간 스치듯 볼 수밖에 없었다. 우리 시대에 유명한 이들이어서 대개 작품 한 점이 수백억 원을 넘어선다고 한다. "거리로 나온 예술", 전시회의 부제다. 익숙한 듯 낯선 그들의 이름, 그들의 노력과 시선과 개성이 내 눈을 잡는다.

　예술에 대한 고정관념을 부순다. 진선미를 추구하는 심각한 고민은 없다. 권위와 특권의식에 저항하면서 상업주의를 활용하려는 강한 의지를 본다. 폐자재를 이용해 예술품을 만들고 일상의 삶에서 만나는 것들이 예술임을 보여 준다. 지하철에 낙서한 것이, 신문이나 잡지를 오려붙인 것이, 그대로 작품이 되었고, 만화가 대중에게 친숙한 예술품으로 재탄생했다. 권위 있다고 하는 작품들이 놀림의 대상이다. 금기를 없애자는 의도리라.

　작품 앞에 서서 제목을 읽으려 하고 작품 속에서 구체적 형상을 찾으려하는 나 자신을 본다. 정의할 수 있고 의미 있는 모습을 통해 편안함과 안정을 찾으려는 게다. 추상적이고 애매한 모습에 어쩌지 못하고, 무언가를 지속적으로 해석하고 평가하려는 내 행동에 마음이 쓰인다. 아무 선입견 없이 편안하게 느끼고, 작가가 의도하는 바와 다른 것을 생각한다고 해서 잘못될 건 없다. 최소한의 공통 경험이 있으면 비슷하게 느낄 게고, 작품에서 전해지는 자극에 나름대로 반응하는 게 자연스러움이다.

누구였던가, 모나리자에 낙서하듯 가위표를 치기도 하고, 수염을 붙였다 떼기도 했다. 유명인의 그림을 받아 며칠을 애써 지우고 빈 종이를 전시하고는 지워진 작품이라 이름 붙이기도 했다. 어떤 이는 화실을 아예 공장이라 이름 짓고 많은 작품을 찍어 내기도 했다. 판화기법으로 작품을 만들었나 보다. 꼭 원작이 하나일 이유가 있느냐는 거다. 마릴린 먼로를 대상으로 색의 배치를 달리한 많은 작품이 있다. 느낌이 다 다르다. 어떤 게 낫고 못하고를 따질 게 무엇이 있는가. 개인의 기호에 따라 즐기고 선택하면 족하다.

상업성을 보여 주듯 캠벨사의 수많은 캔 상품을 그대로 나타낸 작품도 있다. 쇼핑몰에 가면 늘 볼 수 있는 그대로의 모습일 게다. 이걸 왜 예술작품이라 할 수 없느냐는 항변과 저항이 담겨 있다. 일련의 코카콜라 작품에서도 같은 메시지를 읽는다. 특별함이 별 건가. 일반적인 게 특별할 수 있다는 걸 누가 부인하겠는가. 그러고 보면 보통 사람이 위대한 게고 그들이 역사의 근본이요 이 시대의 주인공들인 게지.

그들의 시선과 의식이 예술을 대중들의 눈높이로 끌어내린 것이요, 일상을 예술이 되게 한 게다. 학창 시절에 보고 배웠던 지도책은 가변성이 없는 누구에게나 같은 크기와 축적이었다. 하지만 오늘날의 인터넷과 모바일 지도는 가변성이 놀랍다. 필요한 만큼 확대하고 축소하고 당겨 보고 길을 따라가 보기도 한다. 이 놀라운 다양성과 실용성이 어디에서 온 걸까. 사고를 고정시키지 않은 유연성이다.

팝이라는 용어가 보여 주듯 대중적인 게 인기 있는 것이요, 인기 있는 건 대중적인 게다. 군중을 신뢰하는 거다. 마치 좋은 상품은 많은 이들이 살 것이고 많은 이들이 찾는 게 좋은 상품이라는 논리다. 이 지점에서 시류에 영합하는, 진지함과 깊이의 결여가 문제될 수 있다. 어느 칼럼에서 요즈음의 TV 대화를 분류해 보았더니 가장 많이 쓰는 말이 "진짜"와 "대박"이란다. 이 두 단어로 추임새를 넣으면 지루함 없이 긴 대화를 할 수 있을 듯하다. 이런 어휘가 추임새로 쓰인다고 하면 서로 나누는 대화의 수준을 짐작할 수 있을 게다. 주변에서 일어난 시시콜콜한 이야기, 다른 이들 흉보는 내용, 해외에 다녀온 여행담과 쇼핑한 사연들, 자기 자녀들에 관한 고민을 빙자한 자랑들이 아닐까 싶다.

유연한 사고와 더불어 필요한 게 진지한 성찰이다. 이 둘이 함께 가야 한다. 특별한 경우가 아니라면 나이가 들어 가며 사고가 굳어져 간다. 자신의 틀에 갇히는 게다. 자신의 경험과 지식과 사고방식을 과신하고 새 것을 쉽게 받아들이려 하지 않는다. 기존의 틀이 익숙하고 편하다. 변화를 받아들이기 어려우니 인정하지 않으려 한다.

오해도 유연성의 부족에서 온다 하겠다. 시대의 변천과 함께 경우의 수가 늘어나고 있다. 그것들을 헤아리지 못하고 자신이 사용한 방법으로만 이해하려 할 때 오해가 생긴다. 너무도 어려운 일이다.

처음 보게 된 팝아트 그림은 왜 유연해야 하는가를 알려 주었다. 마르셀 뒤샹은 유명 전시회에 시중에서 판매하는 변기를 설치하고는 "샘"이라 제목을 달았다. 많은 이들이 항의를 하고 그 작품이 철수되는 수모를 겪기도 했지만 그런 시도가 오늘의 팝아트를 이루어 냈다. 그때에는 설치작가 외에는 그 뜻을 이해하지 못했던 게다. 사고의 유연함이 부족했던 게다. 시간의 흐름과 함께 많은 이들이 그 유연함을 받아들였다.

시대에 너무 뒤지지 않으려면 스스로 굳어짐을 경계하고 유연함과 진지한 성찰을 함께 갖춰 나가려는 노력을 지속적으로 기울여야 한다.

씨 뿌리는 사람

　참 애매하다. 판매용으로 축소해 복사한 명화 한 장이 내 앞에 있다. 둘째가 몇 장을 늘어놓고 한 장씩 고르라고 해 선택한 그림이다. 어둡다 혹은 밝다고 할 수 없는 황혼녘, 전체 비례에 어울리지 않게 커다란 누런 태양이 지평선에 걸려 있다. 위 중간에서 아래 오른쪽으로 커다란 고목이 마치 장애물처럼 검게 자리를 차지하고 삐져나온 가지에는 갈색 마른 잎들 너덧 붙어 있다. 씨 뿌리는 이는 눈, 코, 입이 없고 씨앗만 약간 밝은 색으로 땅을 향해 떨어진다.

　내 수준에 왜 이 그림이 명화인지 모르겠다. 그린 이는 이제는 너무도 유명한 빈센트 반 고흐. 무슨 정보가 있을까 하고 그림 뒤편을 보니 서른일곱 해를 살았다. 죽기 두 해 전쯤 그린 그림이다. 마치 초등학생이 그린 것 같다. 연녹색 하늘에 다홍구름이 흐르고 밭 색깔도 비현실적이다. 그가 아니라 내가 이상하다. 이성과 합리에 근거해서 사물을 판단하려 함이 지나치다. 감정과 비논리를 인정하려 않는다. 다시 그림을 보니 조금은 차분하고 안정감이 느껴진다.

　이런 때 현대문명의 혜택에 기대 보자. 인터넷을 펼치니 그에 대한 온갖 정보가 쏟아져 나온다. 인정받지 못한 불우한 화가, 평생에

팔린 작품은 〈아를의 붉은 포도밭〉 한 점이 유일하단다. 동생에게 경제적 도움을 받아 그림을 그리고 살았다. 역설이라 할까. 팔리지 않아서 그의 작품 800여 점이 고흐박물관에 오롯이 남아 있단다. 그의 무력감과 절망이 전해져 온다. 아무리 노력해도, 밤새워 그려도 누구도 알아주지 않고 구매해 소장할 가치가 있다고 평가해 주지 않는다. 주변 동료들은 쓱쓱 그림을 쉽게 잘도 그리고, 그 작품들을 사려는 이들이 꾸준히 이어진다. 동료들의 그런 얘기를 들을 때마다 밀려드는 자괴감과 열등감을 감추기 어려웠을 게다.

그런 환경에서 삶을 마치는 순간까지 그림을 그리게 한 힘은 무엇이었을까. 우울한 정서에 병이 깊어져 사십도 못되어 세상을 등진 빈센트 반 고흐. 마지막 몇 달은 제정신이 아니었으리라.

그림 속에 그려 넣은 그를 방해하는 듯한 검고 큰 나무는 무엇이었을까. 그 시대 사람들이거나 자신을 압박하는 또 다른 자신이었을 수도 있다. 얼굴도 없는 어두운 옷차림의 농부가 씨를 뿌린다. 어쩌면 씨 뿌리는 농부는 고흐 자신인지 모른다. 얼굴을 그리지 않은 것도 의도적이었을 게다. 아무도 알아주지 않는 얼굴이 무슨 의미가 있나. 씨 뿌리는 농부에게 얼굴이 무에 그리 중요한가. 고흐에게는 씨를 뿌리는 행위가 그림을 그리는 일이었으리라. 농부는 씨가 담긴 자루를 소중히 안고 있다. 농부는 굶어 죽어도 종자는 베고 잔다고 했다. 죽을 형편에 이르러도 희망을 포기할 수 없다는 뜻일 게다. 열린 판도라 상자에서 모든 것이 다 날아가도 마지막까지 남아 있는 것이 희망이다.

그림에서 지는 해와 반대방향인데도 가장 빛나는 것이 땅으로 뿌려지는 씨앗들이다. 씨앗이 있는 한 농부는 절망하지 않는다. 씨를 뿌리는 순간만큼은 새 힘이 솟는다. 백 배 육십 배 삼십 배의 수확을 마음의 눈으로 바라보고 있기 때문이다. 자괴감이 일어도 다시 그림을 그릴 수밖에 없고 그 순간은 마음에 희열이 가득하다. 언젠가 사람들이 자신을 이해하고 제대로 평가해 줄 것을 믿어 의심치 않았을 것이다. 애석하게도 고흐 살아생전 그 순간은 오지 않았다. 삶을 마감하고 불과 10여 년 후부터 그는 재평가되어 20세기 최고의 화가로 인정받고 있다.

삶의 마지막 10년여 동안 그는 약 900여 점의 유화, 1100여 점의 스케치와 드로잉 작품을 남겼다. 남들이 알아주지 않아도 자기 확신에 차서 미친 듯이 작품에 매달리는 그를 보는 것 같다. 자신을 잊을 만큼 열심히 산다면 남들 평가에 마음 둘 필요도 시간도 없다.

내게 있어 고흐처럼 미칠 정도로 몰두할 그 희망의 씨앗은 무엇인가. 아직도 미치지 않아서, 너무 정신이 말짱해서, 뿌릴 씨앗을 자루에 담지 못해서, 그 씨앗이 무엇인지 몰라서 어정거리고 있는 것은 아닌가.

밤과 낮을 구분하기 어려울 만큼, 친구들을 만나도 누군지 몰라 고개를 갸웃거릴 정도로 내 몸과 마음을 몰입할 그 무엇을 찾아내면 좋겠다. 온통 내 삶을 불사르고 그것으로 내가 규정되는, 그 일을 피할 수 없는 사고처럼 만나야 한다. 이미 내가 그 대상을 대하고 있는데, 내 안에서 불붙지 않고 있는 것인지 모른다. 그림 속 검은 나무처럼 내 삶을 가로막고 있는 커다란 장애물이 자리 잡고 있는지도 모른다.

고통 속에서도 씨앗자루를 소중히 간직하듯, 남들은 안됐다고 평해도 스스로는 기쁨에 겨워, 해지는 줄 모르고 씨를 뿌리듯, 그림에 묻혀 살던 고흐처럼 나도 그렇게 살고 싶다. 그림 속 씨 뿌리는 사람이 되고 싶다.

반드시 밀물은 오리라

　녹슨 큰 배와 작은 배, 그 옆에 비교적 깔끔한 두세 사람이 탈만한 배가 있다. 갯벌 흙이 다 드러나고 방파제 너머에 놓인 드럼통 서너 개. 얼마나 자세히 그렸는지 잔돌 하나까지 보일 듯하다. 드럼통에 낀 녹과 부식된 부분이 선명하다. 컬러 사진을 보는 것 같으면서도 불필요한 것들을 제거해 편안하다. 들여다볼수록 바다도 그냥 바다가 아니다. 산들 색이 조금씩 다르고 하늘도 얼핏 보아도 서너 가지 색이다.

　설명이 있는 그림책을 보는 중이다. 화단(畵壇)의 지명도도 알 수 없는, 내게는 생소한 이가 낸 수필형식의 책이다. 글쓴이의 그림이 곳곳에 있다. 자신의 분야에 미칠수록 완성도가 높아진다는 꼭지 끝에 넣은 그림에 작업 과정의 일부를 기록해 놓았다. 볼 때마다 달라지는 갯벌 흙을 그리기 위해 덧칠하고 벗겨 내면서 버린 물감이 한 통은 족히 될 거란다. 그 일에 든 작업 시간도 몇 날 며칠일 거란다. 그림에서 십분의 일도 안 되는 부분, 주제를 드러내는 곳도, 눈이 자주 가는 데가 아니지만 마음에 찰 때까지 수도 없이 그리고 지우고를 되풀이하는 모습이 연상된다.

예술을 하고 작품을 만드는 이들의 마음이 느껴져 온다. 그들의 치열한 삶의 자세를 옆에서 보는 듯하다. 좋아하는 일이니 하지 남이 시켜서는 못 하리라. 그렇게 한 작품을 완성하고 나면 작업 현장을 벗어나 한동안 아무 생각 없이 쉬고 싶을 것만 같다. 자신들의 작품에 그들은 만족하려나? 그 작품을 구매하는 이들에게는 어떤 감정을 느낄까. 저자는 비슷해 보이는 수채화 작품을 같은 구도로 열 개쯤 그린 적이 있단다. 완성도가 높은 것이 열이면 버린 건 더 많았을 게다. 그중에 하나를 팔고 또 하나는 자신이 소장하고 나머지는 불에 태웠다고 한다. 그게 자신의 그림을 소장한 이에 대한 예의이고, 그림의 가치를 높여야 할 화가로서의 의무라고 생각했단다.

그 치열(熾烈)하고 개결(介潔)한 삶의 자세에 마음이 끌린다. 유명인이라고 왜 무명의 시절이 없었을까. 탄탄한 대기업에 입사했다가 자신이 정말로 하고 싶은 일을 하려고 직장을 그만두고 좁은 길을 택해 고생스런 삶을 살았다. 열심히 해도 안 되는 때가 있었나 보다. 아이 우윳값이 석 달이나 밀리고 기본적인 삶이 안 되던 과거를 회상한다. 이제는 당당하고 화려하다. 몇 권의 책을 썼고 대표작이랄 수 있는 그림도 여러 점에, 수상 경력도 다채롭다.

벗겨 내고 덧칠하고 그리고 지우기를 며칠 동안이나 하고 그 일에 물감 한 통은 족히 썼으리라는 그림 제목이 〈반드시, 밀물은 오리라〉이다. 모르긴 해도 힘겨운 시절에 그린 작품일 듯하다. 그녀는 서른아홉에 미술대학에 입학한다. 그런데 이 그림은 서른여섯에 그렸다. 마흔한 살에 큰 상을 받고 대학을 졸업한 후 활발하게 활동하고 있다. 괜찮은 직장을 그만두고 미술을 한다고 했을 때 겪었을 주변의 따가운 눈총과 염려들이 눈에 보이는 듯하다. 혼자 작업했을 몇 년의 세월들. 알아주는 이 없고, 고정적 수입도 없이, 산다는 게 막막하기만 했을 게다. 그 어간에 그리고 완성했을, 눈물 어린 잊지 못할 작품이리라. 그래선지 작가는 무작정 서해를 찾아가 스케치하고 그를 바탕으로 그려 낸 이 작품에 에피소드가 가장 많다고 밝히고 있다.

제목이 많은 걸 말해 주는 듯하다. '반드시'로 확신과 신념을 강조하고, 기원하듯 쉼표를 찍었다. 그 뒤에 붙인 말이 '밀물은 오리라'다. 얼마나 막막한 현실이며 절실한 꿈인가. 자신의 삶에 밀물이 반드시 오리라는 건 뒤집어 놓으면 그만큼 가변적이며 불안하다는 게 아닐까. 작가는 암담한 현실에서 자신을 세상에 알릴 수 있는 통로를 '대한민국미술대전'으로 정하고 혼신의 힘을 기울여 작품을 완성했을 게다. 몇 번의 낙선을 거쳐 입선한 작품이 이 작품이란다. 여러 번 작업을 해서인지 같은 제목의 비슷한 그림도 있다.

혼을 쏟아부은 작품은 대표작이 되고 곧바로 그 작가를 연상하게 한다. 지금은 초라하게 갯벌 위에 엎혀 있어도 언젠가 밀물이 올 때는 보란 듯이 거센 물결을 헤치고 대양으로 가리라. 희망이 삶을 지탱해 주고, 노력이 희망을 현실로 만들어 준다.

무엇을 "작품(作品)"이라 할 수 있을까. '작(作)'은 노동력을 가하면 어디에나 쓸 수 있지 않을까. 하지만 '품(品)'은 다를 듯하다. 적어도 세 사람[品] 몫의 노력은 부어져야 할 것 같다. 그보다 더욱 빼어난 게 걸작(傑作)이라면 하나의 걸작을 이루려면 시간과 열과 성을 얼마나 쏟아부어야 할까?

삶이 끝나는 날, 주어진 재능과 시간을 어떻게 사용했는지 드러난다. 모두가 '작(作)'을 했다고는 할 수 있지만 '품(品)'까지 붙이기는 만만하지 않을 게다. 더구나 '걸(傑)'이라 하기는 결코 쉽지 않으리라.

쉽지 않으니 도전할 가치가 있는 것 아닌가? 비록 재능이 미미하나 생전에 걸작 하나 남기는, 걸작 인생을 살고 싶은 것이 내 포기할 수 없는 희망이요 꿈이다. 내게도 반드시, 밀물이 오리라는 걸 의심하지 않기에….

내게도 이런 날이

    청주 아트홀이다. 저녁 8시, 프란츠 요셉 하이든의 곡을 트럼펫 연주로 듣고 있다. 도립교향악단 50회 정기연주회라는데 처음으로 와 본다. 막내가 입장권을 마련해 가족들이 함께한 자리다. 50여 명은 족히 되어 보이는 단원들이 까치들인 양, 검은 정장에 흰 옷들을 받쳐 입고 밝은 조명 아래 진지하게 연주를 하고 있다. 스스로 교양인으로 생각해 본적이 별로 없기로서니 50회를 할 동안에 처음 와 보는 게 조금은 민망하다. 다양한 연령대의 관객들이 자리에 앉아 연주를 즐기고 있다.

    연주하는 이들을 가만히 보고 있으니 저들 중에 삶의 어려운 문제를 겪고 있는 이들도 있을 텐데, 단원의 한 사람으로 자신의 임무를 성실히 해내고 있겠다는 짐작을 한다. 조금만 틀려도 표시가 날 곡들을 한 사람처럼 잘도 해내고 있으니 얼마나 연습을 했을까 궁금하다. 연주에 따라 내 감성도 달라진다. 설명할 순 없지만 작곡가들의 마음이 느껴지는 것 같고 밝고 경쾌한 기운이 전해져 오는 듯하다.

    내 삶에서 오늘은 구별되는 날인가 보다. 아침에는 신문에서 아는 분이 쓴 슈베르트 이야기를 읽었다. 입속에서 혀가 돌아가는 것이

달콤하게 느껴지는 그 이름 슈베르트, 그 글의 제목마저 〈겨울 나그네〉였으니 얼마나 낭만적인가. 겨울 나그네 같은 슈베르트 삶의 쓸쓸한 마지막이 추운 겨울날 눈 내리는 들길을 떠나는 나그네를 떠오르게 했다.

오전엔 독서회원들과 지명도 있는 여성 작가의 단편집을 읽고 의견을 나누는 자리에서, 나는 주로 들었다. 열심히 읽었지만 할 말이 거의 없다. 내 나이가 회원 중 가장 많으니 경험도 더 많을 텐데, 의견 제시는 못하는 편이다. 듣고 있으면 재미있고 편안하다. 시사성이 짙은 이야기도 하고 작가에 대한 의견들을 펼친다. 어쩌면 그렇게 아는 게 많고 똑똑한지 주눅들 때가 한두 번이 아니지만, 상황을 헤아리면 누구도 나를 기죽게 하려는 의도가 아님을 잘 안다.

하이든을 지나 민족의 감성을 자극하는 피리를 분다. 벌써 음악회는 중간 순서를 지나가고 있다. 우리의 정서가 한(恨)과 정(情)이라는 걸 잘 안다는 듯이 곡조가 애처롭게 끊어질 듯 이어진다. 피리 소리를 듣고 있으면 감정선이 오르내리는지 몸이 이상하다. 그 작은 피리를 부는 이의 약력을 보니 유명 대학에 석사와 박사, 더하여 대학에서 강의까지 하고 있단다. 저 피리와 함께 수십 년을 살아왔을 걸 생각하니 예사소리가 아니다. 나는 아무 예비지식 없이 편안하게 듣고 있지만 본인에게는 얼마나 중요한 일인가. 교향악단과 단원들에게 오늘 50회 정기연주회는 각별한 의미를 지니는 기념비적인 일일 텐데, 크게 긴장하는 모습을 볼 수 없다.

공연에서 가장 기대가 되는 부분이라는 소개가 들린다. 소리꾼과 무용수가 함께 나와서 방송에서 익히 선보인 대중적인 무대를 만들려는 모양이다. 객석의 반응이 다르다. 개인적인 생각으론 불만이다. 다른 순서들은 연주만 했는데 이들은 노래와 무용을 한다. 관객들의 반응을 염두에 두고 호응을 끌어낼 부분으로 넣은 듯하다. 보기에 따라 의견이 다르겠지만 정면승부를 하지 않고 편법을 쓰는 것 같은 느낌이다. 클래식만 가지고 공연하기에는 관객의 이해와 열정이 약하다거나 교향악단의 자신감이 조금 부족한 걸까? 예정된 곡들을 마치고 관중들의 성원에 몇 곡을 더 추가한다. 듣는 이들은 친숙한 이들을 보고 신나는 음악을 들으니 마다할 이유가 없다. 마치 명석을 깔고 모든 걸 잘 준비해서 다른 이들에게 기회를 주는 것 같아, 행사를 마련하는 이들이 좀 더 고민을 하면 어떨까 생각한다. 쉬운 길을 가고 싶은 유혹은 끊이지 않고 효과도 더 좋은 듯 보일 때가 있다. 그래도 철학과 신념을 가지고 자기 길을 가는 이들이 더 많아지면 좋겠다.

돌이켜 보니 오후에는 우리나라의 근현대 화가와 작품에 대한 책을 읽었다. 책을 덮으면 이것이 기억에 남는다고 할 만한 게 없다. 그 책에서 여러 번 이야기하기를 '아는 만큼 보이고 본 만큼 알게 된단다.' 바탕지식이 얕으면 잘 다가오지 않는다는 게다. 긴 세월을 나와는 관계없는 일이라고 여기며 살아온 게 잘못이다. 관계없는 것이 무엇이 있을까. 살아가는 데 도움이 되지 않을 듯한 것들이 정신적인 면을 더 풍요롭게 하고 인격을 함양하는 데 더욱 필요한 것들일 수 있는 것을….

긴 시간 설명과 여러 장의 글보다 사진 한 장이 더 큰 울림과 감동을 줄 수 있고, 공분과 충격을 일으킬 수도 있다. 또 노래 한 곡이 꽉 막힌 감정의 벽을 헐어 내릴 수도 있다. 빠르고 편한 길들이 너무 많아 느리고 불편한 길에서 얻을 수 있는 것들을 놓치는 게 오늘의 현실이 아닐까 하는 염려가 있다. 책을 읽는 것이 영상에 밀려나는 추세이듯, 걱정이다.

공연이 끝나자 여운을 안고 조금은 진지하고 밝아진 얼굴로 사람들이 아트홀을 빠져나간다. 이곳에 모였던 이들은 이 밤 음악회의 감동으로 얼마간 여유로운 일상을 보낼 수 있으리라. 내게 오늘 같이 문화와 교양에 젖어 사는 날이 얼마나 자주 오려나. 다가오기를 기다리지 말고 스스로 만들어 나간다면 좋을 텐데, 공연 안내장에는 다음 달도 또 그다음 달도 정기연주회가 열린다고 소개되어 있다. 내 예측할 수 없는 삶이 시간을 허락해 주려나 모르겠다. 내 의지로 풀꽃 향기 나는 이런 오솔길을 자주 걷고 싶다.

내가 못 본 영화

　친지 몇과 영화 〈극한직업〉을 보았다. 이미 천만 관객이 찾은 영화로 아무 생각 없이 보기에 즐거웠다. 영화와 그리 친하지 않아 등장하는 배우들 이름을 하나도 모른다. 마약조직을 소탕하는 형사들 이야기라는 것만 알 수 있었다. 대사가 웃음을 자아내고 주위 사람들이 까르르까르르하니 이상한 사람이 되지 않으려고 따라 웃었다. 아무런 상념 없이 두 시간가량 몰입할 수 있어 상쾌했다. 출구를 벗어나며 모처럼 몸과 마음이 시원하다는 느낌을 받았다. 영화관 로비를 지나며 〈말모이〉를 보았으면 어땠을까 생각했다.

　〈말모이〉는 조선어학회 사건을 다룬 영화란다. 우리말과 민족정신이란 면에서 한번 보았으면 싶은 영화 아닌가. "말모이"는 '낱말 모음' 정도의 뜻을 지닐 사전을 가리키는 순수 우리말이다. 함께 영화를 본 친지들이 십여 명이니 굳이 내가 그 영화를 보지 않아도 문제될 게 없었고 그들 가운데 내가 제일 연장자니 다른 영화를 본다고하면 안 된다고 제지할 이도 없었다. 눈에 띄는 유별난 행동을 하고 싶지 않은 내 생활습관이 반영되었을 뿐이다. 내 주장을 분명하게하지 못한다. '괜찮아', '그것도 좋네.', '그러지, 뭐.' 내가 자주 쓰는 말들이다. 그 바탕에는 외로움이나 불안이 있을 게다. 남들과 달리 나 혼자 어떤 일을 하는 게 두려운가 보다. 혼자 한다고 해서 할 수 있는 일을 못한다거나 못 할 일을 할 수 있는 건 아니다. 오히려 많은 일을 혼자 하는 편이다. 누군가 옆에서 내 하는 일을 지켜본다면 그게 더 신경 쓰여서 자유롭지 못할 게다.

긴 세월 동안 주변 사람들 눈치를 보며 살았다면 이제 내 의견을 표현하며 살아도 어색하지 않을 처지가 되었다. "모난 돌이 정 맞는 다."지만 그러면서 다듬어지는 것 아닌가. 내 의견이 없는 사람으로 무색무취, 유야무야하게 사는 것도 무가치하다 할 순 없다. 하지만 자신이 원하지 않는 방향으로 갈 때는 '나는 동의하지 않는다.'고 밝 히고 원하는 방향을 제시하는 게 경험이 좀 더 많은 이들이 해야 할 일인 듯하다. 다른 이들이 원하는 바도 아니고 그들에게 도움이 되 는 일도 아닌 것을 눈치 보아 가면서 똑같이 할 일은 아니다.

이기적인 사람이 되고 싶다. 나뿐 아니라 많은 이들이 이기적으로 살았으면 좋겠다. 다른 이들 눈치 살피다 결정을 내린 후에야 정말 로 내가 원했던 건 그게 아니었다는 불평은 하거나 듣고 싶지 않다. 모두 솔직하게 자신들이 원하는 걸 드러내 많은 편을 따른다 해도 결론이 크게 다를 것 같지 않다. 자신이 원하는 바가 채택되면 다행 이고 그렇지 않다고 해도 후회는 없지 않을까?

내 삶의 모습을 한 꺼풀 더 벗겨 보면 자신 없음이 보인다. 제대로 해낼 수 없을 거라는 지레짐작과 결과를 책임지기 싫다는 마음이 어우러져 나타나는 소극적인 행태다. 책임져야 할 큰일 앞에서 주춤거리며 물러났었다. 그렇게 살아온 결과로 삶에 큰 진전이나 성취가 없다. 이제 지금이 내 삶의 전반부라고 우길 수 없다. 후반전 같은 삶에 몸 사리기는 상황에 어울리지 않는다. 축구경기에 비유하면 후반 5분 정도에 2:0으로 지고 있는 셈이다. 전반에 비교적 체력을 아껴 두었으니 조금 여유가 있다. 경기를 뒤집으려면 더 이상 실점을 하지 않더라도 세 골을 넣어야 한다. 기회가 올 때마다 득점을 할 수 있는 게 아니니 가능한 여러 번의 공격을 펼쳐야 한다.

내 하고 있는 일에서 한눈팔 여유가 없다. 관찰자로서 보고 분석하고 판단하고 간직해 온 수들을 펼쳐 볼 기회가 많지 않다. 남들은 큰 잘못 없이 마무리를 한다지만 나는 이제부터 서서히 속도를 높여야 한다. 슬픈 현실은 기술이 별반 없다는 게다. 타고난 재주 없음이 아쉽다. 하기는 탁월한 재능이 있었다면 지금까지 남의 눈에 띄지 않을 수 있었을까? 아무도 주목하지 않는 걸 이용해 한 수를 정확히 노리는 게다.

남들이 다 만들고 정해진 영화관에서 상영하는 걸 무얼 보느냐로 왈가왈부하는 게 우습다. 그런 영화를 감독하는 이들, 출연하는 이들, 수익성을 고려해 그 영화를 상영하는 이들이 있다. 그들이 차려 준 밥상을 받는 한 사람의 소비자로서 자신의 선택권도 행사하지 못하고 한탄하고 있다.

대단한 일을 하려면 내 부실한 바탕을 다질 시간이 너무 없다는 걸 안다. 그렇다고 "모래 위에 성 쌓기"를 할 수는 없다. 더구나 날림으로 터를 다질 수도 없는 노릇이니 마음은 급하고 발만 동동 구르는 형편이다. 한 가지를 하더라도 깊은 숨을 쉬고 차근차근 기초를 다질 일이다. 주변에서 언제 그렇게 하고 있느냐는 말을 한다면 우공이산(愚公移山)으로 대답해야 할 게다.

목표를 단순화하고 내 할 일이 아닌 것을 미련 없이 내려놓을 때다. 길지 않지만 짧지도 않은 세월이 남았다. 어떤 일이든 한 가지를 택한다면 처음부터하기에 부족하지 않은 시간이다. 시행착오를 줄이고 목표를 향해 꾸준히 나아가야지. 쉬지 않고 가다 목적지에 이르지 못하더라도 후회나 미련은 없으리라. 그곳에서 숨이 멎고 고꾸라지면 한 평 땅 차지하고 영원한 안식에 들어가는 게다. 그때까지 타박타박 걸어가야지.

여하튼 영화관에서 못 본 영화 〈말모이〉를 텔레비전에서라도 보아야겠다.

▌그를 만나다

　언제나 나만의 눈으로 세상을 볼 것이며, 나만의 기법으로 그림을 그릴 것이다. 확실한 신념을 가지고 짧은 생애를 미친 듯 살다가 자살로 삶을 끝마친 이, 10여 년의 기간에 2000여 작품을 남기고 생전에 딱 한 점의 작품을 판매한 이 사람이 빈센트 반 고흐다. 미디어 아트전시회, 문명이 빠르게 발전하니 원작을 옮겨 오지 않아도 문화의 향기가 나고 감동을 느낄 수가 있나 보다. 전시의 마지막 날에야 그를 만났다.

　종잡기 어렵다. 성실하고 희생적인 사람 같은가 하면 무능력한 듯도 하고 사생활이 복잡한 것 같기도 하고 우울증세의 영향이 아닌가 싶기도 하다. 아버지에 이어 할아버지까지 목회자였는데 신학이 맞지 않아 포기했다가 탄광촌에서 전도사 일을 했다고 한다. 그 일에 너무 몰입해 적당하지 못하다는 평가로 그 일도 계속하지 못한다.

　고흐를 말할 때 그의 동생을 빼놓을 수 없다. 고흐가 의지한 동생에게 18년 동안 보낸 편지가 650여 통이라고 한다. 화상(畵商)으로 형의 작품을 얼마나 팔고 싶었을까. 하지만 동생은 형의 작품을 하나도 팔지 못한다. 잘 팔리는 작품의 경향을 알려 줬겠지만 고흐는 받아들이지 않았을 게다. 자신의 경제적인 문제를 대부분 담당한 동생이 결혼한 걸 알고는 세 번이나 졸도했다고 한다. 형이 자살한 여섯 달 후에 그 충격으로 동생도 죽었다 하니 그 사이를 충분히 알겠다.

그림에 등장하는 소재들을 보면 그의 형편이 보인다. 크게 돈 들어갈 일 없는 모사가 많다. 밀레에게 많은 영향을 받았다고 하는데 그래서인지 밀레의 그림을 흉내 낸 작품이 적지 않다. 모델을 쓰지 않고 주변 사람들을 그리거나 자화상이 많다. 풍경화와 해바라기를 많이 그린 것도 같은 이유이지 싶다. 동생의 도움으로 살아가는 그의 마음이 편할 수는 없었을 게다. 이런저런 마음의 괴로움이 그림에 더욱 몰두하게 했을 듯하다. 10년간 그린 작품이 2000여 점이라니 한 해에 200여 점, 줄잡아 이틀에 한 작품이 넘는다.

고흐가 생존해 있던 당시에는 관심이 없던 그의 그림이 이제 한 점에 수백 억 원 가까이 거래된다. 무엇이 달라진 것인가. 작품의 무엇이 현대인을 그토록 잡아당기는 것인가. 그의 그림에 보이는 안정감 속의 불안일까. 흐르듯 흔들리는 무늬인가. 인기의 한 부분에 동생에게 보낸 650여 통의 편지가 있는 건 아닐까. 작품에 얽힌 많은 이야기들이 알려지니, 친숙해지고 그 그림들을 더욱 선호하게 된 것이지 싶다.

그의 천재성과 불운한 삶, 짧은 일생과 남겨진 많은 작품들, 다른 어디서도 볼 수 없는 독특한 화풍이 그를 기억하게 한다. 그가 뇌넨에 있을 때 그렸다고 하는 〈감자 먹는 사람들〉을 보고 있으면 한쪽

구석에서 그들을 그리고 있는 고흐의 모습이 떠오르는 것 같다. 자신도 가진 게 없어 한 몸 살아가기도 여의치 못했다. 노동으로 살아가는 밑바닥 사람들을 기억하고 그들의 삶과 애환을 그려 내는 것이 자신의 할 일이라고 생각했으리라. 어두운 조명과 식탁에 둘러앉은 식구들의 밝지 않은 표정, 고흐는 그들의 가난하지만 정직하고 힘든 삶을 그리고 싶었을 것이다. 이 그림에 호의적인 시선을 보낸 이들은 없었다고 한다. 어떤 이는 미치광이 그림이라고 했고, 유일한 후원자인 동생마저도 시대적 흐름에 맞지 않다고 부정적인 입장을 보였다.

미술품을 구매하는 이들은 상류층이었을 게다. 그들의 기호에 맞추는 것이 잘나가는 미술가들의 처신이고 유능한 화상의 촉(觸)이었을 게다. 고흐는 그걸 천성적으로 하지 못하는 것이다. 그것은 고흐 시대뿐 아니라 모든 시대의 창작자들이 겪는 고민과 갈등이지 싶다.

고흐의 일생에 천국과 지옥을 경험한 때가 있었다면 고갱과 함께한 두 달여 남짓 아니었을까. 같은 삶을 사는 화가들이 모여 그림을 그리고 그림에 관한 대화도 나누며 자연 속에서 함께하는 삶을 꿈꾸었을 그에게 고갱이 온다는 소식이 얼마나 반갑고, 그가 오는 날이 기다려졌을까. 찾아오는 친구를 위해 방을 꾸미고 해바라기 그림을 그리면서 설레고 신났을 그 기분을 헤아린다. 하지만 그들이 함께한 두 달여 기간은 전혀 행복하거나 즐겁지 않았다. 달라도 너무 달랐고 함께하기 어려운 물과 기름 같았다. 고흐는 깨어진 꿈에 난동을 피웠고 놀란 고갱은 파리로 돌아가 다시는 고흐에게 오지 않았다.

고갱에게는 고흐와 함께 지낸 두 달이 지우고 싶은 악몽이었을 게다. 기대와 현실이 항상 같은 건 아니다. 현실화되지 않은 과거를 아름답게 채색하며 살아가는 것이 더 행복할 수 있다. 고갱과 헤어진 고흐는 얼마가지 않아 자살로 삶을 마감한다. 고흐를 삶의 막다른 골목으로 몰아간 것은 무엇이었을까. 37년의 짧은 삶을 고통 속에 그림에 미쳐 살다 간 그가 이제는 세상을 홀리고 있다.

전 세계 무수히 많은 사람들이 고흐를 좀 더 알고 그의 작품을 보기 위해 모여든다. 그의 작품 한 점을 소유하기 위한 세계인의 열정을 고흐가 볼 수 있다면 어떤 반응을 보일까. 내게 필요한 것도 시류에 편승하지 않고 스스로의 개성을 지키며 성실하게 살아가는 삶의 자세가 아닐까.

고흐, 남을 흉내 내지 않고 자신의 삶을 살다 갔다는 것만으로도 그는 행복한 사람이었다.

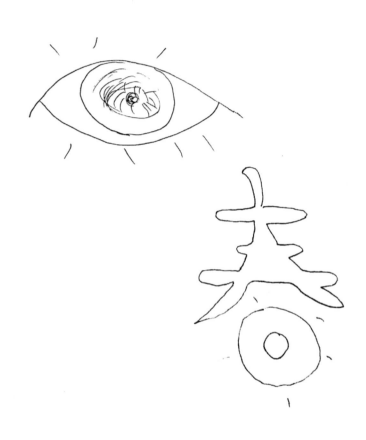

IV— 기다리던 봄 세상

새봄을 기다리며

눈발이 날린다. 창밖 나무는 지난 해 삼월 싹 나기 전 모습과 같다. 그때 무슨 나무일까 궁금했었다. 이제 은행나무임을 안다. 하늘 향해 자라난 가지들 사이에 낀 나뭇잎 몇 개뿐, 모든 잎들이 열 달가량 머물던 곳을 떠났다. 눈앞의 은행나무가 얼마나 살았는지 모른다. 보아 온 한 해의 모습을 돌아볼 수 있을 뿐. 그 나무는 한 해를 살면서 무슨 생각을 했을까. 가까이에서 보아온 바로는 지난해를 회상하며 나무는 이런 상념에 잠겨 있으리라.

긴 겨울이 가고 봄이 되었다. 주변의 나무들은 푸릇푸릇 새싹이 나고 생기가 도는데 내 몸에선 아무런 움직임이 없다. 겨우내 움츠렸던 이들이 기지개켜듯 푸른 싹이 돋는 나무들에 큰 관심을 보이면서 내게는 눈길 한번 주지 않는다. 늙은 것일까, 이대로 죽으려나. 따듯함과 꽃샘추위를 반복하면서 세월이 흐르고 4월 초가 되더니 여기저기 내 몸이 근질거리기 시작한다. 어느 순간 피가 돌고 막힌 곳이 뚫리더니 삐죽삐죽 푸른 잎이 솟아오른다. 내게도 새싹이 돋아나는 것이다. 자랑스러움에 주변을 힐끗거리니 다른 나무들은 푸른 잎들이 손바닥만큼 자라나 있다. 이제는 왜 다른 나무보다 늘 한 걸음씩 늦는지 그것이 불만이다. 햇볕은 따스하고 온몸은 나른하다.

여름이 깊어 간다. 새들도 나를 찾아오고 매미들도 날아와 종일 울다 간다. 더없이 행복한 나날들이다. 며칠 전 태풍과 장맛비가 온 나라를 휩쓸고 갔다. 남들은 근심·걱정이 가득해도 나는 염려 없다. 내가 뿌리내린 곳이 아파트 뜰인 데다 거대한 벽이 좌우를 막아 주고 있다. 내 주변의 친구들은 즐겁기만 하다. 내 가지와 잎들도 주체하기 힘들 정도로 불어나고 있다. 어쩌다 푸른빛인 채로 내 몸에서 떨어져 나가는 잎들이 있지만 오히려 고맙다. 내리쬐는 햇살과 불어오는 바람들, 내게로 다가오는 온갖 새들이 사랑스럽다. 숱한 사람들이 들며 나며 장미를 위시한 예쁜 꽃들에게서 눈을 떼지 못한다. 아무도 내게는 관심이 없다. 나도 내 꽃이 있는데 저들은 알지도 못하는 눈치다. 마음이 아리다. 왜 매번 나만 주인공이 되지 못하는 것인가.

여름이 가고 가을이 왔다. 들판도 누렇게 변해 가고 내 잎들도 황금색으로 물들어 간다. 산에 들에, 풀과 나무들은 그들의 열매를 자랑하기에 여념이 없다. 웬일일까. 내게는 전혀 열매가 열리지 않는다. 왜 내게만 유독 안 되는 일이 이렇게 많을까. 심지어는 벌레들도 내게는 쉽게 접근하지 않는다. 그들로부터도 따돌림을 받아야 하는 것이 슬프다. 빛나는 황금색 부채들이 바람을 타고 내게로 온다. 나와 같은 족속, 어쩌면 일가친척(一家親戚)일지 모른다. 묻지도 않는 내게 그가 한 얘기는 나는 신랑이고 내 신부는 다른 곳에 있단다. 기가 막힌 것은 내 신부가 열매를 맺어도 사람들은 냄새가 좋지 않다고 싫어한다는 게다. 어쩌란 말인가. 우리는 철저하게 무시당해도 좋은 존재인가. 나도 모르게 화가 치밀어 오른다. 화(火) 때문인지 스치는 바람 탓인지 잎들이 우수수 떨어진다. 아이들 몇이 소중히 주워들어 선물인 양 가져간다. 그렇게 무시하던 우리 열매들을 어떤 이들은 땅에 구르기 무섭게 주워 가고 몇몇 사람들은 내 각시의 몸통을 들이치고 손들을 비틀어 꺾어 열매들을 털어 간다고 한다. 그래도 관심을 보여 줌이 고맙다. 그것도 한 때뿐. 서러운 것은 철저한 무관심이요 잊혀져 감이다. 단색(單色)인 우리와는 다르게 나무들은 황홀한 색의 잔치를 벌이고 있다. 주말마다 사람들은 고속도로를 주차장으로 만들며 지리산, 내장산, 설악산으로 단풍놀이를 간다. 너무도 야속하다. 내게도 최소한의 관심을 보여 주면 안 되나….

힘이 빠진다. 잎들이 무겁게 느껴진다. 자고 나면 내 잎들이 땅바닥에 수북이 쏟아져 있다. 바람도 통과하지 못할 만큼 촘촘하던 가지와 잎들이 이제 새들이 지나가도 걸리지 않는다. 아무리 기를 쓰고 잎들을 잡으려 해도 약한 바람에 투두둑 잎들이 빠져나간다. 내 뜻대로 되는 일이 하나도 없다. 하늘은 흐리고 바람은 차다. 한때는 애쓰지 않아도 감당하기 어려울 만큼 잎들이 번성하더니 이제는 노력해도 달아나는 잎들을 붙들 수 없다. 찬바람 속에 서럽다. 어느 때 한번 내 세상 이뤄 보지 못하고 남들처럼 넘치는 사랑 누리지 못했다.

모진 바람과 날리는 눈발을 맨몸으로 받아 내는 것이 서럽다. 지나간 여름이 그리워도 돌아갈 수 없는 옛날일 뿐이다. 더욱 힘겨운 것은 밤이다. 아무도 보아주는 이 없고 대화할 상대도 없이 잠 못 이루고 추위에 떠는 고통은 겪어 보지 않은 이들은 모른다. 세상에 나밖에 없는 듯한 절대 고독과 소외를 누구에게 알아 달라고 할 수 있을까. 이 서럽고 힘든 시절이 언제쯤 끝날지 나는 모른다. 내 한 생애가 이렇게 마무리 될까 두렵다. 밤마다 전신주 우는 소리와 추위에 건물들이 견디지 못해 지르는 비명, 간간히 들리는 들고양이들의 신음소리가 나를 더 긴장시킨다.

하늘에 은하수가 얼어붙고 별들마저 마음대로 움직이지 못하는 이 추운 겨울도 곧 끝이 난다고 할머니는 혼잣말처럼 흘리고 간다. 그 말의 진위(眞僞)를 나는 모른다. 설마 할머니가 실없는 소리야 하실까.

오늘도 내 앞에 보이는 은행나무는 매서운 추위에 온몸을 덜덜 떨면서 이 겨울이 지나 새봄이 오기를 손꼽아 기다리는 듯하다.

봄을 찾아서

3월이 되었네. 며칠 전 봄 찾아 길을 떠났지. 낮 기온이 높아져 10도를 넘기에 어딘가 봄이 왔을까 차에 올라 돌아보았네. 봄은 늘 초록빛 겉옷을 입고 있기에 길가와 밭둑을 눈으로 훑으며 샅샅이 찾았지. 두어 시간 헛짓만 했었네. 가끔 스치는 초록빛에 속았지. 때론 울타리 철망, 때론 농작물을 덮었을 망사. 엉뚱하게 곤드레 밥집에서 초록빛 나물만 보았어. 오지 않은 봄을 찾느라 피곤만 했었지.

이제는 어엿한 3월. 따뜻한 날이 너댓새 지속됐으니 어쩌면 봄이 몰래 찾아와 자기들끼리 여기저기 자리 잡았을지도 몰라. 일찍부터 가덕 낭성 미원 문광면을 돌아보았지. 어느새 개울물들은 녹아 찰랑거리고 있었네. 따사로운 햇살이 비춰면 봄, 눈발이 휘날리고 찬바람 불어오면 한겨울. 산비탈엔 여전히 허연 눈이 자리를 지키고 있었어. 햇살만 믿고 문광저수지 구경하려 했다가 찬바람에 놀라 화들짝 되돌아왔지. 그래도 낭성 길가 밭둑에서 초록빛 봄 둘을 보았네. 내 보기엔 정찰 나온 봄의 척후병들이 분명했지.

봄의 첨병을 둘이나 봤으니 며칠 못 가 그들이 하나둘씩 나타날 걸세. 이곳저곳에 듬성듬성 녹색 옷 입고 두런두런 이야기할 테지. 떠날 채비를 하는 겨울은 도로 위에 찬바람을 몰아치고 있었네. 종이 쪽지 비닐봉지를 날리고 풀과 나뭇가지들을 흔들어 댔어. 아직은 어딜 보아도 거무칙칙한 겨울의 잔상, 누르데데한 물기 없는 지난해의 마른 풀들뿐이네.

집에 돌아와 허탄한 마음에, 떨리는 몸으로 자리에 누웠네. 떠나지 않은 겨울 속을 헤매며 오지 않은 봄을 찾느라 몸과 마음이 지친 것이야. 가라앉는 몸을 일으키려 않고 바닥에 누워 생각해 보았지. 왜 내가 3월도 초순에 이토록 봄을 기다리고 있는가. 예년과 다르게 봄을 그리워하는 이유가 무얼까. 지난겨울은 유난히 길고 추웠지. 눈도 많이 내리고 한동안 기온은 영하권에서 맴돌고 있었어. 겨울을 이길 재주 없는 나는 방 안에서 참고 견디는 수밖에 없었지. 추수동장(秋收冬藏)이라고 가을에 거두고 겨울엔 그걸 곡간에 저장하는 것처럼 사람도 울안에 머물러 있는 계절이 겨울이지. 봄은 집에서 벗어나 사방에 돋아나는 푸른 풀과 나무, 찾아오는 새들을 보는 '바라봄'의 시절이고, 몸이 상쾌하고 눈도 즐거운 때니 어찌 그립고 기다려지지 않을까. 그렇지만 유난히 기다려지는 건 내 젊음이 가고 있다는 징표인 것만 같아 아쉽기 그지없네.

봄은 초록색 겉옷을 걸치고 하나둘 서서히 다가오다가 자신들이 웬만큼 이 땅을 차지했다 싶으면 한순간 혁명하듯 진노랑, 분홍 꽃들을 왈칵왈칵 쏟아 내지. 온 산하를 봄 판으로 만들어 이 땅의 사람들을 자기들 곁으로 불러 모을 것이야. 그러고는 우리들이 채 적응도 하기 전에 슬며시 초여름에게 자리를 내주고 간다는 말도 없이 떠나갈 것이네.

겨울은 찬바람과 얼음으로 많은 생명들을 가뒀다가 봄비와 따스한 바람 불 때 할 수 없이 그들을 풀어 주지. 생명을 가진 존재들은 자신만의 독특한 방식으로 겨울을 나고 찬란한 봄을 맞이하는 거라네. 때론 사람들도 뜻하지 않은 인생의 겨울을 맞이하고 그 겨울이 삶의 중요한 전환기라는 걸 알게 된다네.

《야생초 편지》란 책을 쓰신 분은 정부의 조작으로 서른 살에 무기징역을 받고 감옥에 갇혀 13년 2개월 만에 풀려났지. 마음대로 할 수 없는 감옥서 춥고 고달픈 세월을 보내다 화단의 야생초에서 자신을 보고 그들을 가꾸며 생명의 소중함을 깨닫고 건강을 되찾았어. 기약 없는 감옥 생활을 야생초를 관찰하고 그걸 편지로 쓰는 것으로 낙을 삼았지. 감옥서 생태의 중요성을 깨치고 생태활동가로 거듭나 의미 있는 삶을 산다고 하네. 갇혀 밖으로 나가지 못하는 생의 겨울이 그분에게 삶의 방향을 정해 준 게지. 그분이 감옥서 야생초 그림을 그리고 써 보낸 편지들이 책이 되고 외국에 알려져 출감 후 활동의 기반이 되었지.

찬바람 불고 길이 얼어붙어 밖으로 나가지 못하고 집 안에 주로 있게 되는 겨울, 우리 인생에 겨울을 맞을 때 어떻게 해야 할까. 죽지 않고 겨우겨우 참고 견디어 봄을 맞이하는 게 최선인가. 그래서는 봄이 와도 피어나는 꽃이나 볼 수 있을 뿐, 스스로 꽃이 될 수는 없을 걸…. 조금 늦더라도 반드시 봄이 온다는 걸 믿고 힘을 길러야지. 작은 꽃 한 송이라도 피워 낼 힘이 있어야 봄꽃잔치에 서로 빛깔과 향기를 나누며 즐거워할 수 있을 걸세.

평창 겨울 올림픽에서 가장 아름답게 활짝 피어난 이들은 금메달 아닌 은메달을 따낸 여자 컬링 선수들이지. 올림픽이 시작되기 전에는 그들을 잘 알지도 못하고 메달을 따리라고 기대한 이들도 거의 없었대. 하지만 그들은 열하루 동안 열한 경기를 하면서 매번 두 시간 가까이 방송을 통해 우리나라를 넘어 지구촌 곳곳으로 퍼져 나갔어. 못 이겨 본 팀 없이 다 이기고 마침내 큰 사랑을 받고 힘겨워하는 국민들에게 희망과 용기를 주었지. 그 찬란한 봄을 맞으려고 얼마나 길고 추운 겨울을 힘과 기량을 연마하며 보냈을까? 그 눈물과 땀을 거름으로 꿈에 그리던 꽃들로 온 땅에 피어난 게지.

혹한의 겨울이 아무리 버티려 해도 따스한 봄바람을 이길 수 없다네. 한 주만 지내고 다시 봄을 찾으러 가겠네. 여기저기서 초록빛 봄을 쉽게 만날 수 있을 걸세. 아마도 내 짐작에 이번 토요일 오후에는 길가에, 밭둑에 봄들이 자기들끼리 둘러앉아 도란도란 얘기하며 놀고 있을 걸세.

봄비 내린 아침에

청명 한식이 지난 양력 사월 초순의 끝자락, 어제는 낮에 하늘이 꾸물꾸물하더니 저물녘부터 내린 비가 밤새 그치지 않았다. 낮만 해도 무심천 벚꽃들이 밝고 화려했었다. 겨울 가고 냇가에 풀들 돋아난 게 엊그제 같더니 벚꽃들은 봄을 알리며 희열의 절정에서 하얗게 쏟아져 내린다. 벚꽃 향연에 취해 무심천을 한 바퀴 돌고 왔다. 낮에도 꽃잎이 비처럼 휘날리던데 밤새 내린 비에 벚꽃은 떨어지고 연둣빛 새순들이 돋아났을 게다.

무심천보다 앞서 살구꽃으로 가경천변이 화사하게 물들면 봄이 온 걸 느끼곤 했는데 올해는 꽃 색이 영 시원치 않았다. 복대동 사는 맛 중에 하나가 초봄에 보는 가경천변 살구꽃인데 웬일인지 자연도 이 봄이 그리 즐겁지 않나 보다. 하루에 나무와 산색이 변하면 얼마나 변할까만 전날엔 색들이 곱지 않다 하더니 어제는 파스텔톤이라며 주변 산들을 둘러보잔다. 아내와 돌아본 화당·척산 일대는 몇 곳만 눈과 마음을 잡아당길 뿐 아직은 봄빛이 아니다.

비오고 가로수 잎들과 산색이 짙어졌겠다. 지난밤엔 유리창과 벽으로 차단된 방 안까지 비오는 눅눅함이 전해져 왔다. 이웃집 처마에 덧댄 플라스틱 때리는 빗소리가 리듬감 있게 들렸다. 다닥다닥거리는 게 정겹기도 하고 실제보다 많은 비가 오는 듯 착각하게 했다. 그 소리에 질세라 두어 해 전 옮겨 심은 조릿대들이 무에 그리 신나는지 비를 맞으며 밤새 수런거렸다. 겨울을 난 사연들을 주고받았을 게다. 주변 모든 풀들이 제빛을 잃었을 때 푸름을 간직했으니 얼마나 자랑스러웠으랴. 이제는 한물간 시절을 함께했던 정겨운 동료들끼리 한 번 더 그 겨울을 추억하고 있었으리라.

아침에 본 유리문 너머 좁은 뒤뜰엔 꽃배추가 예쁜 색을 자랑하며 며칠 사이 자란 키를 보여 주었다. 지난 가을, 쓸쓸한 겨울나기가 두려워 반신반의하며 사다 심은 것들이 눈 내리고 얼어붙은 땅에서 시들지 않고 밝은 색으로 잘 버텨 주더니 이제는 손가락만큼 높이를 더하고 있다. 한겨울 황량한 풍경에 보는 기쁨을 더해 준 그들은 이 봄에 무엇을 선물로 받으려나. 무채색 겨울에 활기 띤 색을 보여 준 것으로 할 일을 다 했으니 봄꽃들에게 그 자릴 물려줘야 하지 않을까. 내 할 일 했으니 이제 대우받으며 보란 듯이 살아 보자는 이들이 배워야 할 것이 이것 아닐까. 사람살이뿐 아니라 이 세상은 한가할 새 없고 지난날을 돌아보며 즐기기에는 오늘 해야 할 일들이 넘쳐난다. 당장 해야 할 일들을 하지 않으면 평범한 내일을 기대하기 어려운 게 세상살이다.

비에 젖어 선명해진 골목길 따라 아이들이 와자지껄 떠들며 학교로 간다. 교육이라는 비를 맞으러 이른 아침부터 바빴을 게다. 학습이라는 이름으로 십오 년가량 몸과 마음, 사회성이 자라며 달라질 그들 모습이 궁금하다.

화폭처럼 깨끗한 벽면을 배경해 겨우내 맨몸으로 추위를 견디던 은행나무에 며칠 사이 연녹색 잎들이 수북이 돋았다. 살아 있는 모든 것들은 흔들리고 고민하며 자라는 걸까. 처음 겪는 일들은 어떤 존재에게나 낯설고 힘겨울 게다. 따뜻해진 한낮의 햇살과 몸에 착착 붙는 봄비를 맞으며 어느 때부턴가 가지 끝이 근질대다가 툭툭 피부가 터지고 못 보던 것들이 돋아날 때 나무와 가지들은 꽤 당황했으리라. 하늘 향해 비죽이 고개 내밀어 자신과 같은 동료들 모습 이곳저곳 보고 나서야 겨우 안심했을 게다.

연녹색 잎들을 보며 나는 세월의 안타까움을 느낀다. 올해도 녹색에서 황금색으로 변해 가는 나무들의 한해살이가 시작되었다는 자각 속에 그 여운이 채 가시기 전에 짧게 끝나 버릴 봄이 미리부터 아쉽고 아쉽다. 주변 건물과 담에 가려 햇살이 잘 들지 않는 꽃밭과 한 면이 벽에 막힌 창문 밖 은행나무 덕에 산과 들보다 한 달여 늦은 계절을 산다. 이제 봄이 왔는가 하면 천변과 교외에는 이미 부지런한 봄꽃이 지고 내가 입은 옷이 너무 무거움을 느낀다.

지난 밤 내린 비로 산천과 길들이 밝고 산뜻하다. 가경천변의 살구꽃은 어느새 모두 지고 갓 돋아난 연녹색 잎들이 눈부시다. 메말랐던 이 산하를 촉촉이 적신 간밤의 비가 이런저런 일들로 어려워하는 이 땅 많은 이들의 시름을 깨끗이 씻어 낼 수는 없을까. 그러기엔 지난밤 비의 양이 너무 적으려나. 오늘 밤쯤 한 번 더 비가 내려도 좋겠다. 내 마음엔 벌써 추억 속의 빗소리가 들리는 듯하다.

꽃과 포도(鋪道)

하늘하늘 하얀 꽃잎들이 비처럼 내린다. 이미 산책로 주변은 눈 같은 꽃잎으로 덮여 있다. 따뜻한 날씨에 달콤한 꽃향기, 봄바람 속 날리는 꽃잎에 주민들이 참지 못하고 둑길로 나선다. 칙칙한 겨울의 눅눅함을 지나며 산뜻함과 화사함에 갈증을 느끼던 이들을 살구꽃의 색과 향이 불러내고 있었다. 겨우내 그리웠던 가벼운 옷과 푸른 하늘 포근한 날씨와 오가는 사람들이 모두 이곳에 다 갖춰져 있다.

떠나기를 아쉬워하던 겨울은 마지막 심술을 부리고 슬며시 사라지고 수줍은 봄이 주뼛거리며 소리 없이 우리 곁에 찾아왔다. 고요하던 살구나무에 어느 순간 바알간 빛이 돌고 봉오리가 보이더니 봄햇살 며칠에 그림처럼 온몸 가득 꽃을 달았다. 그늘진 곳은 아직 싹도 트지 않았지만 햇볕 좋은 가경천은 절정의 꽃 잔치를 벌인다.

주변 사람들이 살구꽃이 난리라고 전해 주기에 찾아가 본 가경천 둑길은 장날 같았다. 사람들 얼굴엔 봄을 맞은 홀가분함이, 수면 위로는 꽃잎들이 흐르고 있다. 낮은 가지에 피어난 꽃들 사이로 벌들도 제철을 맞아 윙윙댄다.

아쉬워라. 살구꽃, 사나흘을 넘기지 못하고 속절없이 지고 있다.

빈 가지만 남아 꿈을 꾼 듯 마음이 허전하다. 텅 빈 가지에 초록빛 잎들이 자기들 순서가 되었음을 아는 것처럼 돋아나고 있다. 봄은 초록이다. 꽃과의 즐거움은 경황 중에 지났지만 초록 잎들과는 긴 세월을 함께하리라. 잎들이 돋아나고 살구가 부끄러운 듯 연녹색 얼굴을 내밀면 그들이 굵어 가는 걸 보는 재미에 한세월이 흘러갈 게다.

꽃이야 벌 나비 불러들여 열매를 위한 가루받이가 제 할 일이니 역할이 끝나면 실과에게 길을 내주고 모습을 감추는 게 본분이다. 그래도 사람들은 화사하고 향기 나는 꽃 시절이 좋아 계절 없이 꽃을 그리며 산다. "모란이 지고 말면 그뿐, 내 한 해는 다 가고 말아 삼백예순 날 하냥 섭섭해" 운다는 시인의 마음을 닮아 간다. 꽃이 경유지라면 도착하려는 곳은 열매다. 하지만 열매만 아는 이는 멋을 모르는 거다. 영랑 같은 이들이 있어 꽃들은 철따라 자태를 뽐내며 피어난다.

꽃이 둑과 비탈, 산과 화단에만 있는 것은 아니다. 밤이 되면 하늘의 뭇별들도 꽃이 되고 지상의 불빛들도 또 다른 꽃이고 어린이집과 학교에서 놀고 있는 아이들도 꽃이다. 삶은 꽃에 묻혀 사는 게다.

꽃길을 거닌다. 포장된 길이다. 아스콘, 보도블록으로 포장되어 비가 내려도 불편하지 않다. 포장재 이름이 우리 것이 아니듯, 그리 오래되지 않았다. 흙길, 흙에 생명이 살고 그 흙이 살 기운[生氣]을 만물에게 주는 것을…. 포장해 숨을 막아 놓고 편리함에 취해 산다. 꽃 핀 나무 밑은 흙이다. 인간이 숙명적으로 겸비(謙卑)해야 할 것은 그 존재가 흙이라는 데 있다. 흙에서 지음 받고 마침내는 흙으로 돌아가는 게 운명이다. 삶을 기대어 터 잡고 살아가는 땅도 아득한 한때 우리 조상들의 몸이었을 게다. 자연의 순환 속에서 죽음이 다시 생명의 재료가 되고 식물들의 날숨이 우리의 들숨이 되고 인류의 동력원이 오래전 거대 동식물의 잔해임을 생각하면 고고한 척해 봐야 별게 아니라는 걸 깨닫는다.

옛사람들이 길지(吉地)라고 한 것이 산을 등지고 앞에 물이 흐르는[背山臨水] 햇볕 잘 드는 곳이었음을 기억하면 마음이 따듯해 온다. 어디에 가야 생명의 힘을 받는 땅을 밟아 볼 수 있을까. 도회지에서는 생각처럼 땅 길을 걷기가 쉽지 않다. 꽃길을 걸어도 포장된 길이다. 산책길도 많이 정비되어 아스콘으로 덮여 있다. 산에나 올라야 겨우 흙을 밟을 수 있다. 복개(覆蓋)한 곳을 다시 걷어 내듯 우리의 겉멋도 걷어 낼 수 있다면 얼마나 좋을까. 벌건 흙이 보이는 자연 공간이 늘어나고 풀과 나무속에서 하루하루를 살면 마음이 더 순해지고 푸근해질 것만 같다. 포장된 꽃길이 아닌 꽃잎이 흩어진 흙길을 오래 걷고 싶다.

봄비 내린 무심천에는 어느새 벚꽃이 지고 있겠다. 사진으로 보는 벚꽃이 흐드러진 무심천은 화려하다 못해 눈물이 난다. 벚꽃 아래, 꽃비를 맞으며 꽃길을 걷는 이들 표정이 하나같이 즐겁다. 그 길도 포장된 길이다. 반짝 피었다 화르르 지는 벚꽃처럼 덧없이 가는 짧은 생에 생명의 숨을 막아 놓는 포장도로 같은 일을 얼마나 많이 행하며 사는가. 내 하는 일들이 편하고 보기에는 좋으나 길게 보아 인류와 자연에 해로운 일은 아닌가를 반성하면서 포장된 길을 걷는다.

가경천변 꽃길을 벗어나 가까운 산이라도 찾아 맨땅을 밟으며 솟구치는 삶의 기운을 받아 활기찬 봄을 살아 보고 싶다.

나와 주변의 풍경

　서서히 기억이 돌아왔다. 주변의 소리가 구별이 된다. 지난해의 기억은 전반기로 끝나고 여름 이후는 모르겠다. 폭설이 내리고 바람이 고함치듯 불던 날 나는 정신을 잃었다. 그로부터 해가 바뀐 이월의 어느 날 돌연 피가 도는 듯하고 근질거림을 느끼면서 가물가물 의식이 살아났다. 입에서 "후유" 하는 긴 한숨이 토해져 나왔다. 긴 세월 숨도 못 쉬게 압박해 오던 사방의 힘들이 느슨해지고 있었다. 때를 같이하여 내 몸이 팽창하고 숨이 편해지며 머리가 가벼워지더니 시원함이 내 전신을 쓸고 지나갔다. 온몸이 따듯해지는가 싶더니 귀가 열리고 내 몸이 쑤욱 빠져나왔다. 시원하고 후련하며 눈이 부셨다.

　주변은 적막했다. 조금씩 사위(四圍)가 눈에 들어오고 오감이 깨어났다. 어딘가 익숙하다. 지난해 내가 살았던 바로 그곳이다. 생각난다. 오른쪽으로 높은 둑, 그 너머로 자동차들이 쉴 새 없이 질주하며 씽씽 바람 소리가 났었다. 기억이 살아나니 신기하게도 그 소리가 다시 들리기 시작한다. 왼쪽으로는 냇물이 흐르고 사람들이 분주히 오고 갔었다. 곧 졸졸 물소리가 들리고 오가는 이들의 발자국 소리와

어릿거리는 그림자가 스쳐 지나감을 느낄 수 있다. 주위를 둘러보니 풀과 나무들이 지난해와 다를 바 없는 친근한 모습으로 자리하고 있다. 반갑다. "안녕, 반가워. 하나도 안 변했네, 또 같이 살게 되었네." 내가 아는 체를 하자 여기저기서 연이어 인사가 전해져 왔다. 벌써 많은 이웃들이 파란만장한 한살이를 부지런히 준비하고 있다.

빠르게 일상에 적응하면서 상황을 살핀다. 봄과 겨울이 공존하는 며칠이 흘렀다. 훈풍과 삭풍이 섞여 불고 비와 눈이 번갈아 내리며 주변의 흙들도 얼었다 녹기를 되풀이하고 사람들은 두터운 외투를 장롱 깊숙이 넣었다 다시 꺼내어 입곤 했다.

오늘은 나에게 즐겁고 기쁜 날이다. 내 꽃이 핀 것이다. 아직은 꽃을 피운 이웃이 많지 않다. 아침결에는 바쁘게 걷는 중에도 "어, 저 꽃이 피었네." 하고 많은 이들이 반가워하며 작게 소리쳤다. 내게 관심을 갖기 시작한 것이다. 하지만 내 이름을 정확히 아는 이들은 많지 않은 것 같다. 조금은 서운하다. 사람들의 파도가 한차례 지나간 후에 상쾌한 바람을 타고 "아, 큰개불알풀꽃, 아니 봄까치꽃." 하는 소리가 들렸다. 이웃들도 그제야 축하인사를 건네 왔다. 내 꽃은 정말 예쁘다. 내 입으로 말하긴 뭣해도 밤하늘에 뭇별들이 박혀 있다면 봄 들판에는 파란색 바탕에 검은 줄무늬로 작고 예쁜 보석처럼 내 꽃들이 박혀 있다. 내 꽃이 지고 맺히는 열매 모양이 개의 무엇 같다고 해서 그렇게 남세스러운 이름이 내게 붙었단다. 처음엔 나도 얼굴이 붉어지고 화가 솟구쳤다. 하지만 이제는 '봄까치꽃'보다도 '큰개불알풀꽃'에 더 정이 간다. 평범하지 않아 사람들로 한 번 더 생각하게 하고 기억에도 오래 남으며 무엇보다 긴장을 풀어 주고 미소 짓게 한다. 많은 이들이 즐겁고 기분 좋을 수 있다면야 내가 좀 민망한 것이 무에 그리 대수이랴. 나는 벌에게 꿀의 원료를 주고 산자초란 이름으로 꼭 필요한 이들에게는 약의 재료가 되기도 한다. 또한 나 자신이 거름이 되어 땅을 비옥하게 하고 다른 이들의 성장을 위한 퇴비가 된다. 그렇지만 많은 이들이 내게서 누리는 가장 큰 즐거움은 봄의 시작과 함께 영롱한 내 모습을 보는 것일 게다. 걸음을 멈추고 쪼그려 앉아 내 모습에 홀린 듯이 한참을 요리조리 세심하게 보아주는 이들이 나는 한없이 고맙다. 그런 이들은 대부분 내 이름을 민망해하면서도 정겹게 불러준다.

오후에는 여러 사람이 기쁜 표정으로 내 모습을 손전화에 담아 갔다. 내 생애 최고의 순간은 열매 맺는 때보다 꽃을 피우는 시절이라고 해야 맞으리라. 사람들은 열매를 보고는 나인 줄 몰라도 꽃을 보면 금방 알아본다. 한두 달쯤 사랑을 받고 나머지 세월을 나는 잊혀진 채로 살아간다. 살아 있어도 죽은 듯이. 지난해 언젠가, 사람들의 칭찬에 너무 민감해하거나 일희일비(一喜一悲)하지 말라고 한 친구가 내게 말했다. 칭찬의 때는 너무 짧고 무관심 속에 지내야 하는 세월은 턱없이 길다고. 그래도 나는 행복하다. 어떤 친구들은 눈에 잘 띄지 않는 곳에서 평생을 산다. 그들은 애써 꽃을 피워도 눈길 한번 받지 못한 채 삶을 마쳐야 할지 모른다. 많은 이들이 오가는 길가에서 나는 과분한 관심과 사랑을 받고 산다.

　꽃이 눈에 잘 띄지 않고 이름도 별로 알려지지 않은 이웃이 언젠가 삶은 슬프고 서럽고 시린 것이라고 내게 말했다. 철없던 나는 삶은 아름답고 사랑스럽고 살아 볼 만한 것 아니냐고 응수했었다. 그와 이야기를 나눌 기회가 다시 온다면 삶은 스스로 존재의미를 찾고 자신이 너그러이 이만하면 됐다고 할 수 있으면 족한 것 아니냐고 말하고 싶다. 산과 들을 한눈에 볼 수 없으니 온 산하가 아름다운 조화를 이루리라 믿고 내 색을 드러내기에 힘쓸 일이다. 나는 올해도 온 힘 다해 작고 예쁜 꽃을 피워 짧은 기간 이 땅을 밝히고 오랫동안은 별 불만 없이 죽은 듯이 살다가 사라져갈 것이다.

살구꽃 벚꽃은 피고 지고

흐드러지게 피었던 무심천 벚꽃이 졌다. 가경천에는 살구꽃이 지고 나무마다 윤기 나는 녹색 잎들을 한 가득씩 품고 있다. 희끗희끗한 잔설과 흐린 하늘 아래 찬바람이 쏘다니던 길가에 거뭇거뭇 서 있던 앙상한 나무들이 아직도 기억 속에 남아 있는데 계절은 벌써 늦봄을 지나는 듯하다. 올해는 감기를 앓느라 살구꽃도 벚꽃도 제대로 구경하지 못했다.

지난 달 말일쯤, 목소리에 비음이 섞이고 약간 어지러움을 느꼈다. 오랜 경험으로 감기가 내 몸의 경계선을 막 통과했다는 것을 직감했다. 나는 뚜렷한 이유 없이 병원을 크게 신뢰하지 않고 여간해선 가지 않는다. 가족들의 예로 보아 일상적인 것으로는 비용이 그렇게 비싼 것도 아니고, 치료를 받으면 고생을 덜한다는 것을 알면서 몸이 쉽게 따라 주지 않는다. "감기는 병원 가면 일주일, 안 가면 칠 일."이라고 누군가 하던 말이 늘 뇌리에 남아 웬만하면 참고 버틴다. 그러다 며칠이 지나도 낫지 않으면 약국에 가 약이나 지어 먹고 견디어 낸다. 내가 생각해도 현명하지 못하고 미련하다. 오래전에는 감기가 쉬 낫지 않고 중이염으로 진행되어 한동안 고생을 많이 겪기도 했다.

주변 사람들의 병원에 가 보라는 조언에 쉽게 짜증이 난다. 처지를 바꾸어 생각하면 나도 감기로 고생하는 이들에게 딱히 그 말밖에 해 줄 게 없긴 하다. 그래도 그 말을 들으면 조금은 무성의한 것 같고 깊은 애정이 담기지 않은 의례적인 조언인 듯하다.

내가 앓은 감기는 만만치 않았다. 처음 사나흘은 전형적인 몸살감기 환자로 자리에 누워 끙끙거리며 앓았다. 대개는 그것으로 털고 일어날 수 있었는데, 이번 감기는 독하고도 끈질겼다. 다 나은 줄 알고 약을 먹지 않으면 다시 코가 맹맹하고 콧물이 흐르기 시작했다. '자라 보고 놀란 가슴 솥뚜껑 보고도 놀란다.'고 서둘러 콧물감기 약을 먹으니 다시 증세가 없어졌다. 이렇게 서너 번 되풀이하면서 보름이 훌쩍 지나갔다. 그 사이에 가경천 살구꽃, 무심천 벚꽃이 내 사정을 봐주지 않고 피고 또 졌다.

몇 군데 가야 할 곳이 있었지만 기침이 나고 어지러우니 쉬기만 했다. 내 딴에는 기침도 거슬리고, 다른 이들에게 전염의 불안감을 줄 수 있을 것 같아 사람들이 모이는 곳에는 가지 않는 것이 낫겠다고 판단했다. 내 삶의 방식이 스스로도 마음에 들지 않는다. 다른 이들은 병원에도 잘만 다니는데 나는 왜 잘되지 않는 것일까. 그 바탕에 안일함과 막연한 낙관의식이 있는 것 같다. '어떻게, 그냥 잘되겠지.' 하는 마음을 떨치지 못하는 것이다.

보름 가까이 환절기 감기로 힘겨워하는 나를 챙기느라 고생하는 아내를 보면서 어릴 적 생각이 났다. 초등학교 시절, 감기로 열이 높을 때에는 어머니가 찬 물수건으로 깊은 밤까지 이마를 식혀 주었다. 그때는 부모님도 병원으로 아들을 데려가기가 두려웠을 게다. 고생하는 막내가 가여웠든지 무엇을 먹고 싶은가를 묻고는 마른 오징어나 생선 혹은 떡을 사다 주시기도 했다. 그런 것들을 먹고 나면 미안하기도 하고 고맙기도 해서, 힘을 얻어 털고 일어나곤 했었다.

위중하고 심각하면 대처가 다를 텐데, 아무래도 견디고 참을 만하니 병원에 안 가고 버티는 것인지 모른다. 그렇게 사는 것에 버릇이 들어 병원에 가려면 긴장되고 어색한 데다 무슨 끝 모를 길고 어두운 터널로 끌려들어 가는 입구를 내 발로 찾아 들어가는 느낌이 든다.

몇 달 전부터 한쪽 어깨가 불편하다. 주변 사람들이 여러 번 병원가 보라고 하는 것을 듣지 않고는 더 이상 아픈 티도 못 내고 혼자서 고생을 하고 있다. 세월이 지나니 덜한 것도 같고, 어느 면은 더 심해진 듯도 하다. 특정한 자세를 취하려 하면 은근하게 당기기도 하고, 참기 어려울 정도로 통증이 오기도 한다. 전에 겪은 오십견과 비슷하다. 언제 한번 병원에 가야지 하면서도 이런 때는 무슨 병원으로 가야 하는지도 알지 못한다.

몸에 불편함을 느끼면서 내 몸을 마음대로 할 수 있다는 것이 얼마나 대단한 일인가를 알았다. 감기를 길게 앓아 보니 다른 일에 마음을 쓸 여유가 없다. 내 하고 싶은 일을 할 수 있는 시간적 여유가 하루에 스물네 시간이 아니라는 것을 알겠다. 건강할 때, 할 수 있을 때, 미루지 말고 부지런히 힘써 해야겠다는 결심을 한다.

어른들이 편치 않다고 하실 때 말 한마디라도 따뜻하게 해 드리지 못한 것이 후회스럽다. 누군들 다른 이의 아픔을 대신할 수 있을까. 누군들 자신이 겪어 보지 않고 어려움을 당하는 이들을 제대로 이해할 수 있을까. 연세 드신 분들이 감기를 두려워하고 환절기를 걱정하는 것이 이제 조금은 이해가 된다.

감기를 앓는 사이, 꽃피는 계절의 한 부분이 지나가 버리니 아쉬움이 적지 않다. 세월이 사람을 기다려 주지 않고 시간이 소중하다는 것을 실감할 수 있었다. 많은 것의 근본이 건강이었다. 살구꽃과 벚꽃이 피고 지는 시절은 놓쳤지만 앞으로 다가올 많은 계절들을 생각한다. 건강한 몸과 마음으로 그 순간들을 맞이하고 싶다. 아직도 가끔 기침이 난다.

나답게

my
style

V —— 내식대로 사는 세상

◤ 하늘로 다시 아래로

진초록 덩어리가 공중에 매달려 물병같이 늘씬한 몸매를 보여 줍니다. 따자고 아내는 성화를 대고 나는 내일 아침에 거두자며 하루 더 두고 보려 합니다. 지지대와 철사를 타고 쇠 난간을 지나 옥상으로 향하며 열매를 맺는 호박 이야기입니다. 여름부터 가을까지 여러 덩이 호박이 열려 이웃 친척들과 나누고 우리 식탁의 풍미를 더해 주었습니다. 호박을 심은 걸 올해처럼 만족스러워한 것도 드문 일입니다.

호박 줄기가 푸른빛을 드리우며 중력을 거슬러 올라가는 게 안쓰럽습니다. 호박의 큰 집쯤 될 듯한 아무런 수식어가 없는 박이 초가 지붕 위에서 둥그러니 몸피를 불리며 환한 달빛을 받던 옛 그림을 떠올립니다. 그런 종족이니 높은 곳에 오르는 일은 어색하지 않은가 봅니다.

호박과 일정 거리를 두고 단호박이 자라고 있습니다. 그들은 하늘로 오르는 기세가 한층 사납습니다. 줄기도 더 굵고 튼튼합니다. 중간중간에 튼실한 열매를 매달고도 사마귀 앞발 같은 덩굴손을 펼쳐 쉬지 않고 올라갑니다. 줄기와 잎이 무성하고 날마다 자라니, 식물이 아닌 듯 생각이 들곤 합니다. 하루사이에 저렇게 멀리 갔는데 한 곳에 붙박인 식물일까 싶습니다.

아침에 계단 가를 가 보는 것은 호박 덩굴이 얼마나 더 하늘로 갔는지, 열매가 커져 있는지 확인하고 싶어서입니다. 비와 햇볕만으로 어쩌면 저렇게 통통하게 살이 오르는지 모를 일입니다. 호박이 작은 우유병만 해지면 아내는 애호박이 가장 맛있는 때라고 꼭지를 비틀고 나는 한껏 애달픈 마음을 품습니다. 호박은 빛깔이 누렇게 익어 씨가 꽉 여물 때까지 살아남아서 그 넉넉한 살을 동물들에게 주고 그 대신 자신의 씨앗으로 이 땅에 대를 이어 살기를 원할 것이기 때문입니다. 살아 있는 것들의 가장 큰 욕망은 생존과 번식이랄 수 있으니까요.

진노랑 색을 뽐내며 벌들을 불러 모으던 아침나절의 잔치 열기가 조금은 식어 가는 듯합니다. 푸르름을 보이던 많은 잎들이 누릇누릇 시들어 눈에 거슬려 그들을 잘라 버립니다. 한때 열매들이 많이 달리고 스스로 알아서 약한 것들을 떨어뜨리더니 무슨 조화인지 이제는 피는 것마다 수꽃입니다. 한여름 철사에 의지해 가파르게 오르던 하늘 길에서 지붕기와를 길 삼아 나아가다가 심한 가뭄에 줄기가 타고 작은 열매가 말라 죽는 것을 보았습니다. 세상은 그런 곳인가 봅니다. 그 참혹한 한때가 지나고 옥상 바닥으로 삶의 의지를 넓혀 가는 생명의 끈질긴 힘을 확인합니다.

밖에서 보면 녹색 생명의 줄기들이 한데 얼려 하늘로 치솟는 형상이더니 언제부턴가 방향을 틀어 아래로 향하고 있습니다. 베란다를 지나던 줄기와 잎들이 제 무게에 겨워 바닥으로 처지고 적은 수분과 옅어진 햇살에 그 색들이 바래 가고 있습니다. 이제는 한 번 더 힘을 내 안으로 안으로 기운을 모아 씨앗을 영글게 하는 데 쏟는 듯합니다. 하늘로 한없이 가지 못함이 숙명입니다. 정도의 차이일 뿐 어느 곳에선가 그 방향을 땅으로 잡아야 합니다. 몸피를 불리던 일에서 내실을 다져 갑니다. 푸르던 피부가 누렇게 변해 갑니다. 아직도 주변엔, 푸른 잎들과 반짝이는 애호박들이 자라나도 한 무리는 그 길을 벗어나 늙음과 성숙의 골목으로 접어듭니다.

마음은 완강하게 고개를 젓고 있지만, 제대로 크지도 못한 채 내 자신도 녹색의 성장 길을 벗어나 단맛이 들어가는 성숙의 길로 향하고 있다는 짐작을 합니다. 거스를 수 없는 자연의 길을 걸으며 하늘 향해 오르다 아래로 방향을 트는 출렁대는 덩굴손에 눈길이 머뭅니다.

익어야지, 맛이 들어야지, 내 속에 씨앗들이 영글어야지. 끝부분의 연하고 부드러운 넝쿨손에서 내 마음으로 눈길을 옮깁니다. 아무래도 초가을 햇살은 여름보다 부드럽습니다. 솜사탕 같은 덩어리구름 한 조각 푸른 하늘에 떠갑니다. 높고 푸른 가을하늘이 텅 빈 듯합니다. 한줄기 햇살이 따사로이 화단에 내려앉습니다.

우리 부부의 서울 나들이

수년 동안 서울에 가 본 적이 없었는데 막내 졸업식 이후에 사흘 만에 또 간다. 지난번에는 아이들과 함께할 수 있어 조금도 불편함 없이 물 흐르듯 다녀왔다. 드러내 말하지 않았지만 우리도 헤매지 않고 목적지까지 넉넉히 갈 수 있다는 자신이 있었다. 전날 저녁에 낮 열 시 정도의 차표를 예매해 달라고 했더니 카드가 아니면 안 된다고 하면서 그냥 가도 차들이 많아서 5~10분 기다리면 탈 수 있다고 했다. 대여섯 해 다녀 본 아이의 말이니 어련하랴 싶었다.

그래도 조금 여유를 두고 터미널에 도착했다. 매표소에 가서 물어보니 예상과 달리 11시 10분 출발하는 차가 제일 빠르단다. 예식이 12시인데 시간을 맞출 수가 없다. 매표원에게 하소연을 해도 소용이 없어 출발하는 차 앞에서 기다리다가 빈 좌석이 있으면 타고 가기로 했다. 계획성 없이 사는 것 같고 칠칠맞아 보이기도 해 차 앞에 서 있기가 민망하다. 연이어 두 대가 빈자리 없이 출발하니 쓸데없는 일 같기도 하다. 이런 때는 아는 이가 없었으면 하는데 익숙한 분이 다가온다. 고개를 돌리고 못 본 척하니 그분이 아내에게 인사를 하고는, 자신과 일행은 5분 후 출발하는 차라면서 뭔가 잘못된 것 아니냐고 한다. '그러면 그렇지' 매표소로 가 보니 그분들이 운이 좋아 취소된 표를 받은 것이란다. 빈자리를 기다리는 차 승객들의 검표가 끝나고 자리는 남는데 단말기가 제대로 작동하지 않아서 대기 승객들을 태울 수 없단다. 몇 사람이 강하게 항의를 했다. 사람이 하는 일에 자리가 비고 기다리는 이들이 있는데 안 될 것이 무엇이냐는 논리다. 검표원도 이해가 되는지 빈자리에 기다리던 이들을 태웠다. 차표의 시간보다 20분 일찍 떠나서 차를 타고 가는 내내 하나님께 감사했다. 까딱했으면 예식 시간에 늦고 인사도 하지 못할 뻔했으니까.

차는 생각보다 느리게 갔다. 그나마 버스전용차선으로 줄기차게 달렸지만 토요일이어선지 정해진 시간을 다 채우고야 도착을 했다. 버스 내린 곳에서 지하철까지가 멀게만 느껴졌다. 문제는 환승역에서 불거졌다. 생각보다 복잡하니 미노스의 미궁이 따로 없다. 급하다고 바늘 허리매어 쓸 수는 없는 법. 우리부부는 급해도 기계는 하나도 급하지 않았다. 그 녀석은 어떻게 우리가 촌에서 온 것을 아는지 우리를 통과시켜 주지 않아서 방법을 거듭하다 결국은 직원의 도움을 받았다. 어디 가나 텃세가 만만치 않다고 하더니 기계까지 우리를 무시하며 위세를 부린다.

우여곡절(迂餘曲折) 끝에 간신히 시간을 맞출 수 있었다. 혼주 얼굴 보고 식장을 잠깐 기웃거리다 식당으로 간다. 여러 번을 생각해도 이해하기 어려운 것이 결혼식, 참석에 하루가 다 가는데 정작 그곳에 가서는 혼주의 얼굴 보고 허겁지겁 밥 먹고 오기 바쁘다.

돌아올 때도 지하철 환승역에 있는 기계는 우리를 또 골탕 먹였다. 왜 자기를 자주 찾아오지 않느냐는, 자신의 위세를 드러내 보이는 것임에 틀림없었다. 우리 부부를 서울 사람들의 평균에도 한참 미치지 못하는 불쌍하고 무식한 이들, 완전 촌사람으로 취급하는 듯하다. 사실은 익숙하지 않은 것뿐이다. 나도 직장이든 친척집이든 같은 곳을 연이어 사흘만 다니면 조금도 헤매지 않고 왕래할 자신이 있다.

서울을 벗어나니 거대한 혼잡의 소용돌이에서 해방된 것 같다. 늦가을 찬바람에 한곳으로 쓸려 가는 가랑잎들처럼 땅속으로 몰려 들어갔다가 장마철 열린 수문으로 물 쏟아지듯 쫓기며 살아가는 그들. 일상의 삶에서 조차 빠르게, 걷다 못해 뛰면서 사는 사람들. 그들이 더 많은 일을 할까. 사람답게 살까. 여유 있게 살까. 나는 서울과 서울 사람들에 대한 열등감을 가지고 산다. 그러면서도 그들을 불쌍히 여긴다.

우리의 터전으로 돌아오니 숨이 트이고 마음이 푸근하다. 번잡하지 않은 도로와 사람들의 느린 걸음걸이가 나를 편안하게 한다. 이곳은 기계가 많지 않고 나를 무시하지도 않는다. 서울 사람들은 속도를 가졌음을 은근히 내세우지만 나는 속도를 갖지 않았음을 다행으로 여긴다. 우리 부부가 지금 살고 있는 곳도 한가한데 아내는 야트막한 산이 자리하고 그 안에 골짜기가 있어 물이 졸졸 흐르는 자연으로 가자고 한다. 그것이 바람이긴 하지만 우리 처지에 언제나 그런 곳에 들어가 살 수 있을까. 하루가 다르게 산과 들을 파헤쳐 길을 내고 공장들을 세우니 가까이에 그런 곳이 남아 있어는 주려나. 변두리에서 한 걸음 더 나아가 산사람[山人 → 仙]이 될 수 있으려나. 그러고 보니 내 성(姓)이 최(崔)씨다. 그것을 파자(破字)하면 산 속에 사는 새[山 + 隹]니, 그렇게 유유자적(悠悠自適) 노래하며 살날이 와 줄지도 모를 일이다.

서울 한 번 갔다 오고 산타령을 하니 외국을 다녀오면 무릉도원(武陵桃源)으로 들어갈 것만 같다.

솔숲에서

좁은 개울을 따라 눈에 익은 풀꽃들이 모여 산다. 약한 햇살이 황톳길에 정감을 더하고 한옥을 본떠 지은 길가의 작은 건물이 고즈넉하다. 군데군데 맨살을 드러낸 채 거북등 같은 흑갈색 껍질이 나무들의 연륜을 보여 준다. 싱싱하고 늘씬한 몸매를 뽐내며 몸통 가는 젊은 나무들이 하늘 향해 곧게 치솟아 있다. 그들이 함께 어울려 하늘을 가리니 한낮에도 숲속은 어둑어둑하다. 호젓한 산길을 두 사람이 걷는다. 보랏빛 상의에 검은 바지를 입은 남자와 진한 회색 바지에 빨간 스웨터의 여인. 둘 다 큰 키가 아닌 데다 남자는 뒷머리가 조금은 성긴 듯하고 여인은 살짝 어깨가 처지고 등이 굽었다. 서로 약간의 거리를 두고 걷는 모습이 평화롭고 편안하다.

보은 근처 고택을 찾아 숲속을 걸어가는 우리 부부가 담긴 사진 속 풍경이다. 나무들은 하나같이 굵기나 기운 방향 자라난 모양이 자유롭다. 그 숲을 걷는 우리 부부의 모습도 걸어가는 방향은 같지만 어딘가 다르다. 고개를 내 편으로 기울이고 아내가 나를 따라오는 형태다. 양손을 앞으로 모으고 보폭을 작게 해서 걷는 내 모습은 자신만의 생각이 있는 것 같고 밖의 일을 잊고 숲속의 상념에 깊이 잠기고 싶어 하는 듯하다. 아내는 작은 가방을 비끄러맨 채 개의치 않는 듯 반걸음쯤 뒤에서 걸으면서도 내 마음속 세계가 궁금한 듯 들여다보고 싶은가 보다. 몇 발짝 떨어진 앞쪽으로 젊은 나무들이 이루어 놓은 개선문 모양이 이채롭다. 많은 이들이 거닐어 닳아진 길은 그것은 당신들의 몫이 아니라는 듯 못 본 체 다른 곳으로 방향을 틀었다. 우거진 솔숲이 신선한 산소와 은은한 솔향기를 물씬 뿜어내 혼탁해진 몸과 마음을 깨끗이 씻어 줄 것만 같다.

솔잎 너머로 보이는 하늘이 희부옇다. 내 삶의 색깔 같다. 별스레 먹구름이 가득 낀 컴컴함도 아니고 그렇다고 매일같이 보람 있고 신나는 푸른 하늘도 아니다. 이 땅의 누군들 크게 다르랴. 담아 두고 드러내지 않아 그렇지 소나기 퍼붓다 맑게 개고 때로 장맛비 쏟아지다 한동안 푸른 하늘 보이는 것이 자연이고 사람 사는 이치 아닌가. 산다는 것이 그때그때 대동소이한 과업을 해결하는 것이고 죽음의 순간까지 그런 일들이 이어지는 두더지 게임 같은 것일 게다. 더 이상 두더지가 튀어 오르지 않으면 그때는 이미 끝이 난 거다. 하나의 과업을 만날 때마다 조금씩 흔들리며 나아가는 것에 삶의 묘미가 있다. 흔들림이 삶의 멋이다. 한 번 사는 삶이니 어설프고 어설프니 흔들리고 흔들리니 구경할 만하며 살아 볼 만하다. 강한 바람이 불면 갈색 솔잎들만 떨어지는 것이 아니라 푸른 잎들도 땅에 뒹군다. 지나는 바람에 솔잎들 흔들리고 종소리처럼 향기가 날아오른다.

발밑 황톳길에 정감이 가고 그 길을 걸으면 온몸에 땅의 힘이 전

해 올 듯하다. 하지만 이 황톳길을 오기 위해 아스팔트길을 달려야
했다. 평탄한 아스팔트 포장도로는 안락함은 있지만 생명력이 없다.
이제까지 나는 어떤 길을 걸어왔을까? 내가 걸어온 길은 포장도로
가 많았다. 더러 황톳길이 있었다 해도 기복이 심하지 않았다. 사진
속 황톳길을 걷는 아내와 나의 사이가 넓어 보인다. 이제는 좁혀 가
며 살고 싶다. 지금까지 시간이 흐르면 안다는 식으로 충분한 설명
없이 내가 확신하고 옳다고 생각하는 길을 꾸준히 걸어왔다. 이후로
는 아내와 이해가 되도록 대화를 하리라. 앞으로 내가 걸어야 할 길
들은 어떤 길들일까. 숲길은 숲길대로, 산길도 그 나름 아기자기함
과 좋은 점들이 있으니 피하기만 할 일은 아니다. 인생 후반부에 심
하게 요동치는 길들을 자주 만나지 않기를 바랄 뿐이다.

　사진 속 소나무 아래 푸른 풀들이 카펫을 깔아 놓은 듯 아름답고
정감이 간다. 어쩌면 하늘의 푸른색보다 이 땅을 더 살아 있게 하고
생을 마치면 거름으로 이 땅에 힘을 보태 줄 고마운 존재들이다. 내
가 오히려 스스로 만물의 영장이라 부르며 주변의 존재들을 가볍게
여기고 살아온 것은 아닌지 돌아볼 일이다. 이 땅을 위해 들풀만큼
기여를 하고 살아왔나, 아니면 피해를 주면서 그 사실도 모르고 지
내 온 것은 아닌지. 또 아내와 아이들에게는 어떤 역할을 하며 살아
왔는지….

　조용히 자신을 지키고 서로 편안하게 어울려 주변을 맑히는 신선
한 공기와 은은한 향기를 주는 풀과 나무들처럼 살 순 없을까. 드러

나지 않으면서 유익함을 주는 그런 존재가 많아지면 좋겠다. 사진에 모습은 보이지 않아도 한 장의 추억을 찍어 주는 그런 따듯한 사람이 된다면 얼마나 좋을까. 삽상한 바람 속에 기분 좋은 향기가 솔숲에서 번져 오는 듯하다.

밤새 내린 비

투드락 투드락 투둑, 빗소리가 귓가에 내려앉는다. 가는 겨울이 아쉬움에 흘리는 눈물인가, 첫발을 디디는 봄이 겨우내 쌓인 먼지를 닦아 내려는 몸짓인가. 서너 달 춥고 메말랐던 사람들의 가슴을 촉촉이 적시려나 보다. 자다 깨다를 되풀이하며 빗소리를 듣는다. 어쩌면 한 하늘 아래 같은 빗소리를 들으며 이런저런 걱정에 몸을 뒤채는 이들이 적지 않을 듯하다.

낮에 본 풍경들이 떠오른다. 들판에 푸른빛은 돌지 않아도 겨울이 채비를 하고 떠나고 있음이 분명하다. 서로 한을 품은 듯 머리채 잡고 놓지 않던 흙들도 타의에 의한 갈아엎음에 갈라서고, 며칠째 따듯해진 기운에 제풀에 서로 놓아 버린 곳도 많을 듯하다. 올려다본 산봉우리엔 녹지 않은 허연 눈들이 여전히 이곳은 겨울의 영역이라고 선언하는 것 같았다. 어둠이 내리며 빗방울이 듣기 시작하더니 빗소리가 점차 커지고 급기야 천둥도 몇 차례 울었다. 마음 여린 봄이 밤을 틈타 들어오나 보다. 많은 이들이 속히 봄이 이 땅에 진주해 주기를 바라고 있을 것이다.

따사로운 햇살과 훈훈한 바람보다, 마른 나무와 적막한 대지를 적시는 촉촉한 봄비가 더욱 반갑다. 오래전 돌아가신 어머니는 비를 싫어하셨다. 비 오기 전에는 꼭 삭신이 쑤신다 하셨다. 한평생 자식들 위해 험한 일 가리지 않느라 자신을 돌볼 겨를이 있으셨을까. 가끔 한두 마디 하시는 말씀이라도 살갑게 답해 드려야 했는데 왜 그때는 야속함만 앞섰는지 모른다. 어머니 돌아가실 적 70여 세, 내 나이 30대 초반. 내게는 하고픈 일이 너무도 많고 남은 듯싶은 인생은 길고 아픈 곳 없어, 어머니를 이해할 수 없었다. 언뜻언뜻 몸의 여기저기서 보내오는 이상신호를 접하며 이제야 어머니의 서러움 한 가닥을 나도 조금 알 듯하다.

대지를 적시는 반가운 빗소리에 왜 나는 자주 깨어 뒤척이며 단잠을 이루지 못하나. 춥고 지루한 겨울이 가고 새봄이 오기를 그토록 기다렸던가. 유독 이 겨울이 길게만 느껴지고 봄이 더디 오는 듯해 조바심을 내는가. 내 삶의 중년이 끝나 가고 있음을 알기 때문이다. 주변 사람들은 다 멋져 보이고 나만 초라하게 느껴져 그런 것도 같다. 별다른 뜻 없이 하는 그들의 이야기에도 자격지심(自激之心)이 든다. 그렇지 않다는 걸 알면서도, 다 자신들의 삶을 사는 것이니 주눅들 일이 아니지만 성과 없이 지내 온 긴 세월이 민망하기만 하다. 때론 지난날의 친구들이 무척이나 그립긴 해도 괜한 열등의식에 젖느니 그런 자리에 끼고 싶지 않다.

"그런 거 다 부질없는 거여, 지나고 보면 아무 차이 없어." 맞는 말이다. 긴 세월 흐르면 어느 해 겨울이 유독 기억에 남지 않는다. 바람 불고 눈 내리고 미끄럽지 않았던 겨울이 있었던가. 돌이켜 보면 요즘처럼 편하게 겨울을 난 시절이 없었지 싶다. 먹고 입고 땔 것 걱정없이 겨울을 보내게 된 게 우리 역사에 얼마나 되었나. 겨우내 녹지 않았던 거대한 얼음들, 허옇게 쌓인 눈, 부실한 입성, 방 안이 추워 함께한 햇볕바라기, 허술한 먹을거리들. 지나간 날들이 아스라하다.

밤새 내리는 비는 겨울을 보내고 봄을 데려다 우리 곁에 놓을 게다. 추위를 모르는 아이들은 재깔거리며 학교로 가고 청소년들은 자기들끼리 울끈불끈하며 망아지들처럼 뛰리라. 냇가와 밭둑에는 푸른색 풀들 돋아나고 도로에는 칙칙하고 무거운 옷들 물러가고 원색의 경쾌함이 물결칠 게다. 아련한 듯 지나간 겨울을 잊고 찾아올 여름도 기대하리라. 산과 들에는 파랑 노랑 분홍의 꽃 잔치가 흐드러질 테고….

빗소리 속에 날이 새고 있다. 창문이 부옇게 밝아 오고 신문 떨어지는 소리도 들린 듯하다. 근심과 염려가 말갛게 씻긴 때가 있기나 했던가. 나라나 집안이나 할 일은 그치지 않고 어느 것 하나 녹록지 않았다. 어려운 시절들도 지나고 나면 그리움의 빛깔로 덧칠이 된다. 모두가 어려웠던 그 시절 친구들이 보고 싶다.

막혔던 관계가 풀리듯 언 땅이 녹고 그쳤던 냇물이 다시 졸졸거리며 흐른다. 겨우내 문밖출입이 뜸했던 이들이 하나둘 거리로 나오고 친지들 자녀의 혼사 소식이 들려온다. 어김없이 좋은 시절이 다가오고 있다. 초조함에 연거푸 나선 나들이에도 찾지 못했던 봄이 비와 함께 스르르 내 곁으로 다가와 밖으로 나가 보라고 예년처럼 소리칠 게다.

새해가 밝은 지 세 달째가 된다. 한 해의 다짐이 새롭기만 할 뿐, 이렇다 할 실천 없이 봄을 맞는다. 이렇게 지내 온 날들이 몇 해였던 가. 한순간 낮 기온이 십 도를 웃돌고 아직 겨울이 머물러 있지 싶은 데 봄 햇살처럼 따사로웠다. 밤새 비 내리고 돌연 봄으로 변하듯 지난 세월과는 무언가 다른 한 해를 살고 싶다. 새해 첫날 마음에 다진 일들을 반이라도 이루면 좋겠다. 수수만년 겨울이 가고 봄은 오는데, 나는 왜 그렇게 한 걸음씩 나아가기가 어려운가.

겨우내 집 안에 머물던 무거운 몸을 일으켜 밤새 내린 비를 보러 가경천에 가 보아야겠다. 어제까지 오지 않던 반가운 풀 친구들이 핼쑥한 얼굴로 나를 기다리고 있을지 모른다. 비 끝에 개운해진 밖으로 나서니 길은 젖어 있고 비는 그치고 간밤에 온 봄은 학교 가는 아이들 해사한 얼굴과 그들끼리 재재거리는 말소리 속에 벌써 깃들어 있었다.

난처했던 순간들

입구를 지나 차를 주차구역에 멈추고 일행은 실내로 들어가 자리를 잡았다. 따로 주문할 필요가 없는 듯하다. 식단이 하나밖에 없으니 선택이 아닌 몇 사람인가만 확인하면 끝이다. 이제는 꽤 먼 곳으로 이사를 한 목사님 내외분이 청주에 오셨다가 그분의 친구 목사님과 내가 함께 있으니 나까지 점심을 사주겠다고 해서 마련한 자리다.

꼭 필요한 순간에 찾으려면 힘이 들듯, 어디로 갈까 정하기가 어려웠다. 좀 거리가 있는 곳으로 정해서 오후 일정을 고려해 나는 내 차로 따로 돌아오려고 다시 집에 들렀다 나오니 앞차가 접어든 길이 이상했다. 크게 돌아가려나, 길이 여러 가지니 익숙한 곳으로 가려나 했더니 그게 아니었다. 그 사이에 식당이 바뀐 것이다. 내게는 물어보지도 않고 간 곳이 그곳이었다.

별다른 일이 없으면 토요일 한 시간을 함께하는 목사님이 내가 그 음식을 먹지 않는다는 걸 몰랐을까. 내가 싫어해 한 번도 가지 않았으니 그럴 수도 있다. 알면서 그곳으로 갔다면 날 골탕 먹이려는 속셈일 게다. 요즘 들어 자주 그분을 불편하게 해 드렸다. 자신의 의견이 항상 옳다고 생각하는 것은 가끔 지적을 받고 교정을 해야 하는 부분이다. 그런 일이 있으면 어색하고 서먹한 데다 가끔은 서운하기도 하셨으리라. 주로 현실에 대한 불만, 특히 정치권에 대한 불만을 자주 얘기하고 목소리를 높이시면, 나는 지나치게 정치적이면서 대안 없이 비판만 한다고 몰아붙인다. 전번에는 그렇게 열심히 토론들을 해도 한 번 합의에 이르는 걸 못 보았다고 하셔서 토론은 본래 합의에 이르려고 하는 게 아니라, 확연히 반대의견을 가진 이들을 통해 문제를 더 분명하게 드러내는 거라고 했다. 언젠가는 국회의원들이 그렇게 싸우기만 하면 안 된다고 하셔서 그 사람들은 월급 받고 온 힘을 다해서 싸우는 게 직업이라고, 세상에서 국회의원들이 싸우지 않는 곳은 공산국가밖에 없다고 했더니 어색해졌다. 며칠 전에는, 뭔 나라가 10년 가는 정당이 없냐고 해서 그거 이름만 바꾸는 거지 다 그 사람들이 그대로 있다고 하며 서로 민망해했다.

평소에 내가 먹지 않는 것을 얘기하지 않은 게 잘못이었나? 내가 주빈도 아니고, 다 자리 잡고 주문해 놓고 이제 와서 나가자고 하기도 민망한 노릇이다. 다른 분들은 전혀 아무 일도 없는데 나만 속으로 계산이 복잡하다. 얼마 안 되어 주문한 음식이 나왔다. 순댓국이었다. 서로 권하며 간은 새우젓으로 맞추는 거라니 나는 평소에 먹지 않는 음식 두 가지를 앞에 놓고 어찌할 줄 몰랐다. 내가 처한 상황이 난감하긴 하지만 어쨌든 해결은 해야 했다. 선택의 여지가 없다. 나를 감출 것인가, 드러낼 것인가이다. 나를 감추기로 했다. 태연히 먹으면 못 먹을 건 무언가. 남들이라고 맛있어하는데 안 먹어 보아서, 경험이 없어 그렇지 무슨 큰 차이가 날 리 있을까.

벌써 여러 해 전 일이다. 목회자들이 부부로 강원도에 간 적이 있었다. 태백의 석탄박물관엘 갔는데 겉보기에 별게 없어 가벼운 마음으로 입장했다. 어느 정도 가다 보니 계단이 나오는데 가도 가도 계단이다. 몇 백인지 천여 개가 넘는지 알 수 없다. 좌우의 전시물들은 보이지 않고 언제 계단이 끝나는가에만 마음이 쓰인다. 나야 웬만하면 포기하고 형편 따라 적응을 하지만 아내는 높은 곳이나 계단을 겁낸다. 돌아가려 해도 내려온 계단이 까마득하고 내려가기보다 거꾸로 계단을 오르기는 더욱 못할 일이다. "울며 겨자 먹기"라고 적은 계단이 남았기만을 기대하며 내려갈 수밖에 없었다. 얼마 가지 않아 평지를 만나고 다시 지상으로 나올 수 있었다. 거기서 무엇을 보았는지 기억이 없다. 계단만 무수히 내려갔던 생각이 난다.

맛을 모르며 순대 국을 먹는다. 다들 맛있게 드시니 뭐라 불평도 그렇다고 맛있다고도 못 하고 꾸역꾸역 먹기만 할 뿐이다. 이 일에 끝이 보인다. 자극이 필요하면 깍두기를 씹고 김치를 먹으며 내 분량을 비웠다. 산뜻하진 않지만 참지 못할 수준도 아니다. 기회가 없었고, 어쩌다 다른 것들과 함께 선택할 일이 있어도 구태여 안전이 보장되지 않은, 모험 같은 식단에 도전할 이유가 없었던 게다. 그런 일이 반복되니 아예 먹지 않는 음식이 되고 나와는 관계없는 것이 되어 버렸다.

가족 중에 나만 순대를 먹지 않는다. 시장에서 순대를 사 오는 아내를 보며 내심 '자기들만 생각하고 나는 먹지도 않는 걸 사 온다'고 불만이었다. 한두 번 더 먹으면 좀 더 자연스러워질 수 있으려나. 내 스스로 한계를 정하고 가두어 두었던 셈이다. 남들에겐 여러 가지를 두루 경험해 보라고 말하면서 내게는 그러지 않았던 게다. 남들이 물으면 '예, 뭐든지 잘 먹지요.' 했지만 실상은 그렇지 않았다. 내 유독 물을 두려워하는데 그것도 들어갈 생각을 하지 않아서인지 모른다. 어느 나이 많은 분은 평생을 물과 친하지 않았는데 아들과의 긴 여행 중 남미의 어느 곳에선가 억지로 스노클링장비를 하고 물속에 들어가 물과 친해졌고 겁 많던 이가 짚라인까지 탔단다. 삶에 미리 경계를 짓고 그 안에 스스로를 가두는 일이 얼마나 많은가. 그런 생활은 안전이야 하겠지만 삶의 자극과 발전은 적으리라.

아직도 늦지 않았다. 못 할 게 무언가. 그렇다고 좋지 않은 것까지 할 일이야 아니지만 내가 울타리 쳐 놓았던 것은 걷어 내도 문제될 게 없다. 기회가 되는 대로 내 영역이 아니었던 곳들에 조금씩 발을 디뎌 보아야겠다.

늙은 호박

이제는 사용하지 않는 문 열고 들어와 신발을 벗던 곳에 한 덩이 늙은 호박이 앉아 있다. 그곳에 철문을 열어젖히고 유리문을 달았다. 북향이긴 하지만 훤하고 시원한 데다 타일까지 깔려 있어 상하기 쉬운 것들을 그곳에 모아 둔다. 열흘 전엔가, 청주 근교의 나보다 열 살쯤 많은 이와 우리 내외가 살가운 대화를 나누고 헤어지며 받아 온 것이다. 껍질 벗긴 오렌지를 지그시 눌러 백 배쯤 확대한 모습인데, 짙은 갈색으로 아주 강고하게 생겼다.

질 좋은 찰흙을 연상케 하는 빛깔에 코스모스 꽃잎처럼 생긴 것이 깊은 주름이 지고 윤곽이 뚜렷해, 굵고 분명한 삶을 잘 살아 낸 품격 있는 노인 같다. 바싹 마른 꼭지도 여간해선 떨어지지 않을 듯 고집스런 형세다. 그 호박을 한동안 바라보고 있었다. 어떻게 겨우 반년 남짓의 세월에 저런 모습을 지닐 수 있을까? 그 호박을 재배한 이의 넉넉한 손길과 정성스런 마음이 느껴지는 것 같다. 아마 호박은 얼마나 좋은 환경에서 자신이 자랐는지 모를 게다.

올해 우리 집 앞마당과 뒤뜰에 호박 몇 포기를 심었다. 유년의 추억을 회상하며 잎과 줄기가 무성하고 실한 호박들이 달리는 광경을 그렸다. 진노랑의 밝고 생기 있는 꽃들도 기다렸다. 싹이 트고는 날마다 빠른 성장을 보이더니 드디어 꽃피우고 잎들을 내며 한 방향으로 줄기차게 뻗어 나갔다. 암꽃은 드물었고 어쩌다 열매가 달렸다가도 며칠 후에는 힘없이 떨어져 내렸다. 땅이 척박해 영양을 제대로 공급해 주지 못하는 것 같았다. 비록 싱싱한 애호박을 즐기지는 못했지만 우리는 긴 세월 빛나는 꽃들을 만나고 녹색의 풍성한 호박잎을 식탁에서 대할 수 있었다.

내 유년의 꼭대기 집에서 호박은 어머니에게 각별한 의미가 있었으리라. 모두가 가난했던 그 시절, 한여름 반지르르 윤기 흐르던 호박은 빼놓을 수 없는 맛깔난 반찬 재료였다. 좁은 밭가를 따라 넉넉히 거름을 주고 때맞춰 씨 뿌리고 정성을 쏟으면 그들은 투실투실 건강한 모습으로 화답해 주었다. 한여름 시원한 새벽에 이파리 속에 숨어 있는 미끈하고 통통한 호박을 찾아내 어머께 알려 드리면 어린 아들을 대견해하시며 아침 반찬으로 만들어 주시곤 했다.

키우는 이에 따라 작물 상태가 다른가 보다. 얕은 경험에 돌봄마저 시원치 않으니 어찌 풍성한 수확을 기대하랴. 마음이 처지려는 순간, 강고하고 실한 늙은 호박에 다시 눈길이 간다. 저 호박은 좋은 땅에 심겨 풍부한 영양과 넉넉한 햇볕을 받고 자랐을 것이다. 해충을 잡아 주고 버팀대를 대주고 수시로 눈 맞추고 돌보아 주어 그 결과가 내 앞에 '넉넉한 모습'으로 나타나 있다. 스스로는 당연하다 생각해도 썩 좋은 환경에서 괜찮은 한 생애를 산 것이다.

넉넉하고 빛깔 좋은 그 늙은 호박을 인간에 비한다면 어떤 사람일까. 건강하고 곱게 나이 든 품격 있는 노인이다. 자신의 분야에서 긴 세월 성실하게 살아 다른 이들에게 유익을 주고, 자녀들과 또 그 자녀들을 대하는 주름진 얼굴과 인자한 미소를 지니고 유유자적한 삶을 사시는 분들일 게다. 주변에 그러한 분들이 적지 않다. 부드러운 바람과 따사로운 햇살보다는 거센 비바람과 높은 파고가 이는 험난한 삶을 살아 내고 이제는 현장에서 조금 벗어나 편안한 여유를 즐기는 그분들을 본다.

내가 그분들 연배에 이르려면 적잖은 세월이 남아 있다. 살아온, 적지 않은 날들을 돌아보면 진한 아쉬움이 남는다. 당시에 쏟아 내지 못한 많은 노력들이 오늘의 후회를 만들었다. 다시 10년 후에, 혹은 20년 후에 지나간 오늘을 회상하며 꼭 같은 뉘우침을 토하지 않을까 걱정스럽다. 생각의 틀을 바꾸어 본다. 나도 눈앞의 늙은 호박 같은 모습으로 성숙해 가기 위해 여러 노력을 하고 있고, 비틀거리기는 하지만 그런대로 잘 가고 있다고 스스로를 달랜다.

뿌리내려 살아온 삶의 터전이 그렇게 척박했다고 할 수 있을까? 내 성장에 이상이 올만큼 영양이 부족했던가. 햇볕의 양이 적었나. 주변과 견줄 때 열악했다고 자신에게 변명할 수 없다. 그 시절, 그만하면 최상은 아니었지만 탓할 처지는 아니었다. 제대로 자라지 못했다면 그것은 오롯이 내게 책임이 있을 뿐이다.

어린 때는 싹을 틔우는 순수함과 귀여움으로, 초반기에는 쑥쑥 자라나는 모습과 윤기 나는 아름다움으로, 중반기에는 꽉 찬 내면과 빛나는 모습으로, 후반기는 향기와 넉넉함으로 종반에는 영양과 씨앗을 남기는 호박의 생애처럼 삶의 단계와 순간마다 즐거움과 기쁨과 행복을 주고 누리며 살아간다면 삶을 마치는 순간에도 넉넉하고 의연할 수 있지 않을까?

한동안 내 눈길이 늙은 호박에서 떠나지 않는 것을 보던 아내는 올 겨울 눈 내리는 어느 날 늙은 호박을 갈라서 범벅이나 해 먹잔다.

서가에 놓인 문진(文鎭)

전화기를 열어 보니 '카톡방'에, "친구로 등록되지 않은 사용자로 부터 초대되었습니다. 이 사용자를 신고하시려면 이 링크를 눌러 주세요." 하는 문자 화면이 눈에 띈다. 내 이름과 함께 초대한다는 문구가 있다. 신학교 1기 단체 카톡방이다. 이런 기능을 쓰기는 하는데 묻는 것에 답만 하다 보니 어떻게 여는 건지 잘 모른다. 나중에 아이들에게 물어보자 생각하고 지내다 열흘이 넘어갔다. 자세히 보니 화면 맨 아래 문자 쓰는 곳이 열려 있다.

"반갑습니다. 전 조용히 숨만 쉬며 살고 있습니다."라고 적어 두었다. 분명치 않은 한자 어휘를 찾으려 손전화를 열었더니 몇 개의 토막글들이 동기들 안부를 나에게 전하고 있다. 글들을 읽으며 내 서가에 오도카니 자리하고 있는 문진(文鎭)을 바라본다. 서진(書鎭)이라고도 한다는데 한 해 후배들이 졸업선물로 해 준 거다. 스물네 명의 이름이 정답게 모여 있다. 그중에 한두 해 먼저 학사 편입해 공부하다 졸업을 같이한 이들이 있어 순수하게 입학부터 졸업까지를 함께한 이들은 열다섯이다. 세 명은 벌써 하늘로 가고 세 명은 연락이 안 되고, 둘은 외국에 나가 있어 일곱이 이 땅에 남아 있다.

함께 졸업한 이들과 열 사람 남짓이 소식을 주고받는 듯하다. 문진을 바라보고 있으니 마음은 내 생각과 달리 서둘러 그 시절로 돌아가고 있다.

아담한 학교와 몇 채의 건물, 많지 않은 학생들, 소수의 교수진들과 잘 가꿔진 이곳저곳의 모습들이 내 이십 대 중반을 어루만지기에 적당했다. 주변 사람들은 우리를, 나이 어린 학생들과는 다른 기대를 가지고 대했다. 이른바 산전수전 다 겪은 다양한 경력을 지닌 우리가, 침체된 공동체에 신선한 바람을 일으켜 주기를 바랐던 것 같다. 동기들은 대학의 신문 편집장과 교련 교관, 예비군 대대장을 하면서 그런대로 기대에 부응하려 노력했다. 하지만 스스로를 챙기는 것도 만만치 않았다. 일주일에 닷새를 공부하려면 생업을 포기해야 했다. 대부분 한 가정의 가장으로 한창 경제활동에 전념할 시기에 다시 학생이 되었으니 쉬울 리 없었다. 수년간의 갈등과 번민을 거쳐 늦은 나이에 특별한 일을 위해 모인 사람들, 모두 생각과 행동이 다르고 독특했다. 많은 이들은 나를 비롯한 어린 동기들을 젊다는 것만으로도 부러워했다. 그분께 구석으로 몰리고, 깨닫기까지 어려움을 당하다 김장배추처럼 절여져 항복하고 온 사람들, 그 효력이 한 학기는 지속되었다.

두 번째 학기가 되자 환경에 그런대로 적응이 되어, 개인의 성향이 드러나기 시작했다. 몇 되지 않은 이들도 공감대를 따라 자연스레 노장과 소장으로 나뉘어졌다. 젊은이들은 좀 더 단순했고 열정이 있었다. 대부분이 기숙사 생활을 해, 함께하는 시간이 더욱 많아서였는지도 모른다. 그들은 젊음과 가난과 고민을 찬양과 기도로 넘겼다. 군대를 마치고 온 이들은 사명을 따라 진로 문제로 직접 뛰어들 수 있었다. 하지만 나와 또 한 친구는 군 문제가 해결되지 않아 미래와 연결된 실제적인 일을 하기는 어려웠다.

젊은이들은 끈끈한 관계를 형성해 가고 있었다. 준비된 것은 없고 현재가 불안한 이들이 동지의식을 갖기는 쉬웠다. 현실 문제에 부딪혀 흔들리며 하루하루를 버텼다. 외부에서 후원이 있으면 한 사람이 받아도 서로 나누어 사용했다. 누가 요구하거나 기대하지 않고 의무감도 없었지만 자연스레 그렇게 했다. 함께 같은 곳을 방문하고 서로의 생활을 챙기고 상대를 배려했다. 미래에의 꿈은 푸르고 이상도 높았다. 신학교의 삼 년, 여섯 학기는 빠르게 흘렀다. 서로의 일터를 찾아 흩어지니 만나기가 쉽지 않다. 현장에서 살아가기 위해 바쁘게 살다 보니 어느덧 자녀들이 자라나 그때의 내 나이를 훨씬 넘고 있다.

삼십여 년의 세월은 어디론가 사라져 버리고 후배들이 여기저기서 맹렬히 활약하고 있다. 그동안에 이 땅의 사역을 모두 마치고 하늘에 가 있는 이들이 있는가 하면 남은 이들은 맡겨진 곳에서 자신의 일들을 묵묵히 실천하고 있다. 동기들에게 내 근황을 알리면서 불비불명(不飛不鳴)하며 지내고 있다고 하고 싶었다. 울지도 않고 날지도 않는 것은 맞지만 그 뒷일을 감당할 수 없어 쓰지 못했다. 내 뜻대로 할 수 있는 일이 얼마나 되나. 이제는 내가 가진 능력을 과신

(過信)하지 않는다. 내가 할 수 없는 일에 애달파하지 않고 할 수 있는 일에 내 시간과 노력을 쏟고 싶다. 다른 이들의 시선에 주눅 들고 싶지 않고, 내 눈과 귀를 그들에게가 아니라 스스로 정한 일에 고정시키기를 원한다.

"백세시대"라 하니 결코 적지 않은 시간이 내게 남아 있다. 이제까지가 준비였다 한들 문제될 게 무언가. 눈치 볼 일, 부담스런 일이 많이 줄었다. 한눈팔지 않으면 적잖은 거리를 갈 수 있을 게다. 내가 원하는 일을 행하기에 현재의 상황이 최적화되어 있다고 믿고 싶다. 내 자신에게 목표를 정해 주고 스스로 상과 벌로 채찍질하며 오랫동안 조금씩 가고 싶다. 문진 맨 끝자리에 새겨진 내 이름을 가만히 바라본다. 문진도 나를 바라보고 "잘할 수 있어요 주인님." 하고 미소 지으며 격려하는 듯하다.

겨울나무

　낮게 내려앉은 흐릿한 하늘아래 시골길을 지난다. 길에는 나뭇잎들이 떨어져 뒹굴고 가로수들은 허허로운 모습으로 빈 가지들을 하늘로 향하고 있다. 길가에 연한 산에는 다갈색 마른 잎들이 이불처럼 대지를 덮고 있다. 가을이 깊어 가나 했더니 어느새 첫눈이 내리고 서둘러 달려온 겨울이 논과 밭에서 가쁜 숨을 고르고 있다.

　언제 봄과 여름의 넉넉함과 황홀함이 있었냐는 듯, 나무들은 모든 것을 체념한 듯 지나는 바람을 마른 가지 사이로 흘려보낸다. 내가 환절기를 겪는 동안에 나무들은 잎들을 우수수, 우수수 털어 냈나 보다. 다시 따듯해질 봄날을 기약해 잎눈들을 남기고 전략적인 퇴각을 감행했을 게다.

　나무들은 고통스런 혹한을 예감하고 제 살을 도려내는 심정으로 겨울채비를 한다. 스스로 비워 겸손하고, 부성(富盛)했던 허세들을 덜어 내 적나라한 맨몸을 보여 주고 있다. 고통에 맞서려면 거리적거리는 것들을 줄이고 소유를 최소화해야 하나 보다.

　초겨울의 헐벗은 나무들을 보고 있으면 나도 처음으로 돌아가 부질없는 것들 제하고 원초적인 내 모습을 갖고 싶다. 어릴 적 그분의 집에 벽돌 한 장 되어도 좋겠다던 맹세를 기억한다. 얼마 전 어떤 이가 말했다. '힘없고 가난한 영성(靈性)으로 돌아가야' 한다고. 그게 겨울을 맞는 홀가분한 나무의 모습은 아닐까. 가진 것이 없어서가 아니라 너무 많아서, 더 가지려는 욕망이 일을 그르치는 것은 아닌가?

때가 되면 무성했던 잎들과 화려했던 꽃들도 심지어 황금빛 열매마저 가야 할 곳으로 보내는 나무들이 지혜롭다. 물질을 소유하기보다 소유당한 채, 가야 할 곳으로 떠나보내지 못해 몸과 마음에 상처 입고 망신당하는 많은 이들을 보았다. 한겨울 혹한이 되어서야 어쩌지 못하고 잎들을 눈 위에 쏟아 놓는 나무들을 본 기억이 없다. 어려움을 당해 허둥대는 모습은 안쓰럽다. 앞일을 미리 알고 대비하면 여유롭고 서두르지 않아 좋다.

나무는 다가오는 겨울을 받아들이면서도 미래를 포기하지는 않는다. 땅으로 돌려보내지만 봄이 오면 다시 솟아오를 잎들을 마음에 그린다. 그들은 한 계절을 앞당겨 산다. 여름에는 가을 열매를 튼실하게 하려고 따가운 햇살과 쏟아지는 비를 참아내고, 가을에는 겨울에 먹을 열매를 맛있게 멋지게 하려고 고소하고 단맛을 들이고 노랗고 빨갛게 몸을 달군다. 겨울에는 봄을 위해 모진 추위를 참아내며 영양을 비축하고 녹색의 생명잔치를 준비한다.

나무들은 한겨울의 혹한을 피하지 않는다. 고통을 겪는 만큼 성숙해진다는 것을 알고 있나 보다. 겨울에는 나무들이 마디게 클 것만 같다. 부쩍부쩍 자란 부분은 여물지 못하다. 당장을 생각하면 편안한 것이 좋지만 미래를 위해서는 고통스런 순간을 피할 일만은 아니다. 혹한의 겨울을 겪기 때문에 봄이 더 찬란하고 간절히 기다려지는 것 아닐까. 그 겨울을 견뎌 낸 힘으로 여름을 살아 내는 것일 게다. 여름이나 겨울만 있는 나라에도 많은 나무들이 있다. 그래도 나는 사계가 뚜렷하고 성장의 여름과 시련의 겨울이 함께 있는 우리가 사는 곳 나무들이 좋다.

고통과 어려움을 겪으며 낮은 마음으로 사는 이들이 크게 잘못되는 일은 그리 많지 않다. 범죄를 저지르고 추락하는 이들은 나름대로 자신의 분야에서 성공하고 주위의 부러움을 사는 이들이기 쉽다. 자신들도 모르게 긴장이 풀어지고 주변 세상이 만만해 보일 때 실수를 하는 것일 게다. 내가 이 정도 이야기해도 모두가 이해해 줄 것이라 생각하고 자신을 중심으로 돌아가는 듯한 세상에 스스로 취(醉)하는 거다.

이만하면 됐다고 생각하는 순간 내리막으로 곤두박질친다. 그 순간 찬바람 불고 눈보라 몰아치던 혹한의 겨울을 기억하면 실수를 면할 수 있지 않을까. 자신의 초라하고 원초적인 모습을 수시로 돌아보아야 한다. 가느다란 가지에 눈자리를 달고 사는 겨울나무처럼, 밑바닥을 살던 힘겹고 서러운 기억들이 정상의 순간에 우리로 겸손함을 지키게 해 주는 것일 게다.

나무들은 환희와 고통의 순간을 번갈아 겪어 가며 나이테를 더해 간다. 우리도 낙담과 희망을 오가며 어려움과 즐거움의 순간이 번갈아 들면서 나이를 더해 가고 나이와 함께 삶의 진지함이 익어 간다.

한때 자신의 일부였던 낙엽들이 지나는 차에 치이고 행인들의 발 밑에 깔릴 때, 나무들에게 마음이 있다면 얼마나 서글플까. 묵직했던 가지가 가붓하고 싱싱했던 줄기들이 메말랐다. 미끈하던 둥치들이 터지고 갈라진 채 불어오는 바람을 온몸으로 맞는다. 빛나고 푸르던 잎들 다 잃고 슬픈 듯 포기한 듯 도(道)를 통한 듯, 생긴 모습 그대로 자신을 드러내고 있다. 가난하고 겸손한 모습으로, 끄무레한 날씨 속에, 밭에서 쉬고 있는 겨울을 조금은 긴장한 표정으로 가만히 응시하고 있다.

나무들도 나도 스산한 바람 속, 가난한 마음으로 겨울을 지나고 있다.

NEW 새 新

VI— 새롭게 다가오는 세상

축하하네, 진짜 어른들

두 사람 다 축하하네. 이제 어른으로 거듭났으니 축하받아 마땅하지. 예전에는 아무리 나이가 많아도 결혼을 하지 않으면 어른이라 하지 않고 애라고 했다더군. 어른이 된다는 건, 책임질 줄 안다는 거야. 두 사람이 결혼한 지 한 해가 넘었으니 가정을 이뤄 간다는 게 그리 만만치 않다는 걸 알리라 믿네. 어쩌다 물어보면 싸우지 않는다니 그것 참 신기한 일이야. 나는 결혼한 지 삼십 년이 훌쩍 넘었는데 지금도 가끔 티격태격한다네. 어쩌면 예전보다 요즘이 더 자주 다투는 것 같기도 해.

결혼 초기야 서로 좋은 것만 보이고 탐색하는 시기니 그렇게 싸울 일도 많지 않을 테지. 차차 서로에게 익숙해지고 임의로워지면 '내가 왜 이런 것까지 참아야 하나, 한마디 하고 넘어가야지.' 하고 생각하게 되는 건지도 몰라. 우리 전통사회에서는 상하관계가 나름 분명했지만 지금은 새로운 질서가 자리 잡는 과도기니 시행착오가 생기는 거겠지.

여하튼 결혼으로 두 사람이 일단 어른의 반열에 들어섰지. '어른'이 되었다고 온전한 어른이라고 생각하지는 않아. 어른의 상대 말이 아이잖아, 제자 없이 스승이라 하는 거나 병사 없이 장수라 하는 게 이상하듯, 아이가 있어야 또 다른 의미의 어른이라 할 수 있을 거야. 그렇다고 여러 사정으로 아이를 갖지 못한 분들을 어른이 아니라고 하는 건 아니야. 어른으로 가는 두 단계의 길을 보여 주는 것뿐이지. 말 그대로 이제 두 사람이 엄마, 아빠가 되었지. 아무래도 지금은 엄마가 되는 것이 어떤 의미인지를 더 많이 느꼈을 거야. 몸의 변화도 적지 않은 데다 출산을 하느라고 고생이 많았고, 생활이 아이 중심으로 급격히 바뀌었을 테니까. 내려오는 말로는 이 시기가 가장 몸 조심해야 하는 때라고 하더라고…. 이제 아빠의 할 일들이 몰려오겠지. 벌써 와 있을 거야. 예상은 했겠지만 겪어 내기가 쉽지 않은 일도 많을 거라네. 아이 하나가 어쩜 이렇게 할 일들을 많이 더해 주는지 알게 될 거고, 자신들이 그냥 어른으로 성장한 게 아니구나 하는 감탄을 쏟아 내게 될지도 모르지….

아이를 키우며 부모님들을 더 생각하게 될 거야. 한 사람이 혼자 걸음을 떼기까지 얼마나 많은 이들의 정성이 들어가야 하는 건지 새삼 느낄 거야. 한동안은 유아용품만 보이겠지. 애지중지 키우던 아이가 유치원에 들어가고 초등학생이 되면 슬슬 또 다른 일들이 시작이 돼. 말썽을 부리고 고집도 꺾지 않고…. 다른 아이들과 조금씩 비교되기 시작하니 더욱 쉬운 일이 아니지. 지금 이해는 안 되겠지만 그냥 들어 둬. 서로 지나치게 소유하려 하지 말게나. 누가 누구에게 소유되기도 어렵거니와 그런 일이 일어난다면 굉장히 불행한 일이지. 내 자주 하는 말은 아니네만 다 자기 인생이 있는 거야. 때로 생각처럼 잘되지 않을 때는 너는 네 인생이 있고 나는 내 인생이 있다고 생각하게.

최근에 어려운 책 한 부분을 전해 들었어. 많이 들어 본 루소라는 이가 쓴 책이더라고. 그분이 세상을 떠난 지 240년이 됐어. 《에밀》이란 책인데, 정확히는 생각이 안 나지만 유아기 아이에게 자연을 통한 교육, 감각을 길러 주는 걸 강조했다나 봐. 부모가 자녀를 위해 해 줄 수 있는 게 뭐가 있을까. 후원과 지지를 보내며 기다리는 거겠지. 처음에는 모든 걸 다 해 줄 수 있을 것 같고 아이가 조금 잘하는 걸 보면 영재가, 천재가 하겠지만 세월과 함께 현실로 돌아오게 돼. 어려서 많은 체험을 해 보는 게 좋을 거야. 여러 분야의 재능도 확인하고 다양한 취미를 가질 수 있을 테니까. 좋은 취미를 가지고 평생 살 수 있다면 그보다 나은 것이 뭐가 있을까.

온갖 장밋빛 꿈에 부풀어 있을 두 사람에게 서른이 넘은 자녀를 둔 부모 심정을 털어놓은 것 같네. 나이가 든 우리 삶도 아직 예측하기 어려운데 이제 태어난 아이는 더 말할 필요가 없겠지. 서로 포기할 수 없는 게 행복이 아닐까 해. 알 수 없는 미래에 저당 잡히고 하루하루 고생하며 살지 말고 오늘을 행복하게 살면 좋겠어. 서로 상대에게 모든 것을 걸거나 희생하지 말고 자신의 행복은 스스로 알아서 챙기자고 하면 지나친 이기주의라고 하려나. 난 그래도 그게 좋은 거 같아.

정신이 하나도 없어, 이 글을 읽을 여유라도 가질 수 있을까 모르 겠네. 때론 이게 뭔가 울컥해지는 순간을 맞을 수도 있을 거야. 그때 마다 어른이 이렇게 힘든 거구나 생각해. 지금은 아무 생각이 없겠 지만 한 번 더 두 번째 어른이 되어 볼 생각은 없는지…. 둘이 결혼 을 했으니 아이도 둘은 낳아야 하지 않을까. 이런 어려운 일을 어떻 게 또 하라고 싶기도 하겠지만 세월이 지나면 잊어버리는 게 삶이거 든. 가끔은 서로 쉬기도 해야 할 텐데, 하긴 예비교육을 많이 받았으 니 잘하리라고 믿어.

축하한다고 해놓고 조금 더 살았다고 잔소리를 주저리주저리 늘 어놓았네. 나도 언젠가 가까운 이들에게 해 주려고 벼르던 건데, 주 변에서 제일 먼저 엄마, 아빠가 되어서 듣는 거라고 여겨줘. 가끔 내 말이 생각날 때가 올 거야. 벌써 아이가 보고 싶고, 돌봐 줄 때가 되 었겠네.

아직은 얼떨떨하겠지만 다들 그렇게 어른이 되고, 아빠 엄마가 되 곤 해. 어른이 되는 두 단계를 모두 거친 걸, 다시 한번 진심으로 축 하해. 주사를 맞았더라도 감기 걸리면 안 되니 추운 날씨에 더욱 조 심하도록….

정말 반갑구나

성격이 엄마를 많이 닮은 것 같구나, 그렇게 느긋한 걸 보니. 하긴 거친 세상보다 엄마 배 속이 더 좋을지 모르지. 아기만을 위한 궁전[子宮]이니 더 좋은 곳이 어디 있겠니. 그래도 그렇지, 예정일을 일주일이나 넘기고도 아무런 기별이 없어 유도분만하기로 했는데 그러고도 또 하루를 넘겨 수술을 했다니 그 여유를 누가 당할까. 네 엄마가 몇 달 전에 너의 초음파 모습이라고 보여 주는데 세상에 나오면 보겠다고 안 봤다. 물론 그 후에 내 전화기 화면으로 몇 번 봤는데 정확히는 모르겠고 그저 아빠 닮은 듯하더라.

내 소개가 늦었구나, 난 네 외할아버지야. 병원이나, 며칠 후면 가게 될 너희 집에서 멀지 않은 곳에서 교회 일을 받들며 살아가고 있어. 물론 너보다 엄청 나이가 많지. 엄마, 아빠가 주일마다 교회에 오니 앞으로 자주 보게 될 거야. 난 지금도 할아버지라고 불리는 게 달갑지만은 않아. 갑자기 나이가 많이 들고 폭삭 늙어 버린 느낌이 들 것 같아. 네 외할머니는 할머니라고 부르는 소리를 듣고 싶다면서 나를 힐책하더니 얼마 지나지 않아 할머니, 할아버지보다 듣기 좋은 말은 없겠냐고 해서 같이 찾아보고 있는 중이야.

신생아실에는 너 혼자만 있더라. 세상에 처음 나와서도 큰 방을 혼자 쓰는 걸 보니 넉넉하게 세상을 살아갈 것 같아 마음이 푸근하구나. 네 모습을 대하니 뭐라 말할 수가 없었다. 예쁘고 귀엽게 생긴데다 순하기까지 하다니 고마울 뿐이다. 아빠는 손발 다 있고 잘못된 데 없다고 기뻐하더라. 외할머니, 아빠와 나는 네 모습을 한동안 바라보고 있었다. 건강하고 예쁜 모습으로 우리에게 와 준 것이 고맙고 대견했지.

내가 다른 이들 이름을 여럿 지어 줬어. 가게 이름도 많이 지어 주고…. 하지만 네 이름은 쉽지가 않구나. 지구촌 시대니 외국에 가서도 사용하기 좋게 부르기 쉽고 적기 편한 이름으로 하면 좋겠다고 생각하는데 마땅한 게 떠오르지가 않아. 좋은 이름을 추천하지 못했더니 엄마, 아빠가 상의해서 "하율"로 부르기로 했다더라. 이름은 본인이 지을 권리가 없으니 이제부터 하율이가 되는 거야. 내가 농담삼아 하나님의 율법이냐고 물었더니 '하나님의 선율'이라 하더라. 네 성하고 잘 어울리는 것 같아. "정하율" 품격도 있는 듯하고 세련된 듯도 하잖아. 이름처럼 하나님을 노래하며 살아라. 새로 지은 이름이 익숙지 않아 아직은 모두들 "깜짝이"라고 부르고 있어. 병원에서 네가 새 생명으로 찾아온 걸 알고는 엄마, 아빠가 깜짝 놀랐다는 거야. 네가 그렇게 빨리 오리라고 예상을 하지 못했나 봐.

이 세상에 오는 게 힘들었는지 머리가 조금 길쭉하더라. 한 이삼일만 지나도 정상으로 돌아온다니 다행이지. 작은 입을 벌리고 하품을 하고 우는 모습도 예쁘더구나.

　너를 맞이하기 위해 엄마 아빠가 무던히 애쓴 걸 나는 안다. 태중에 너를 안고부터 엄마는 부지런히 병원을 다니고 마음을 편케 하고 네게 해롭다는 건 먹지도 않으려고 노력하는 걸 자주 보았어. 아빠도 수시로 너를 안고 씻기고 돌보는 법을 알려 주는 강좌를 들으러 다니는 것 같았지. 출생하기 몇 달 전부터 너를 맞이하려 필요한 것들을 준비하는 눈치더라. 언젠가는 네게 필요하다고 무언가를 사러 한밤중에 먼 곳까지 가는데 나도 따라가 본 적도 있단다.

　인생을 조금 더 살아 본 관점에서 엄마 아빠가 네게 너무 큰 기대를 걸지 않았으면 하는 바람이야. 부모가 자녀에게 잘되기를 원하는 건 당연하고, 자신의 자녀가 대단하다는 착각을 갖는 게 흉이 될 수는 없지. 그렇지만 지나친 기대는 서로를 힘들게 하고 지치게 해. 난 그냥 개개인의 인생이 따로 있다고 생각해. 부모는 자녀를 지지하고 지켜보는 게 바람직한 것 같아. 모든 사람이 잘나고 대단하다고 인정할 만큼 세상이 호락호락하지는 않단다. 오히려 수시로 혼란과 좌절을 안겨 주는 곳이 세상인지 몰라….

　엄마 배 속에서, 신생아실에서 그리고 집으로 돌아가서도 동생이 생길 때까지는 온전히 너만을 위한 세상이겠지. 하지만 유치원, 학교, 직장으로 이어지는 이 땅의 삶에서 세상이 함께 살아가는 곳임을 알게 될 거야. 함께 산다는 게 쉬운 일이 아니야. 내 생각대로만 할 수는 없다는 거지. 서로 한 발씩 물러나 생각하고 행동해야 하는 거야. 양보하고 배려할 줄 알아야 한다는 건데, 그게 말처럼 쉽지가 않아. 지금 얘기해도 알기 어려우니 살아가면서 익히고 깨달아 가는 게 나을 거야.

너를 위해 동화를 배우려고 했는데 잘 안됐어. 내 생각보다 훨씬 어렵더라고. 무엇보다 사건에 따른 오르내림이 있어야 하는데 그게 쉽지 않아. 더 많은 시간을 들이면 할 수 있을 텐데, 어떻게 해야 할 지 아직은 잘 모르겠어. 네 동생들과 이종사촌들이 생길 테니 그들에게 외할아버지가 직접 동화를 써 주는 것도 큰 의미가 있긴 한데 너무 어려워. 멀지 않은 때에 다시 도전해 봐야지 하는 마음을 가지고 있어.

반갑고 고마워, 우리에게 와 주어서…. 얼마나 긴 세월을 서로 영향을 주고받으며 갈 수 있을지 모르지만 우리 잘 지내보자. 날마다 휴대폰 화면에 올라오는 네 모습을 보는 게 요즘 나의 큰 즐거움이야. 수일 내에 만나러 갈 테니 그동안 건강하게 잘 지내렴. 외할머니도 잘 지내고 너를 몹시 보고 싶어 한단다. 기쁘게 만날 날을 기다리며.

외할아버지가.

무덤덤하기

며칠 전이다. 결혼한 둘째가 병원에선지 전화를 했다. 정기검진을 받았는데 아기의 성별이 나왔단다. 전화를 "응, 응." 하고 받았더니 너무 사무적이란다. 손주의 성별이 궁금하지 않느냐고 해서 그냥 그렇다고 하니 뭔 반응이 그러냐며 딸이라고 한다. '그래.' 하고 심드렁히 대꾸했더니 조금 서운한 눈치다. 이 시대에 아들이면 어떻고 딸이면 또 어떤가.

꼭 아들이어야 할 일도 없고, 딸을 더 선호하는 세상이 되었다. 하나님께서 어련히 알아서 하시려고… 주시는 대로 받는 거지. 그러고 보니 우리는 딸들이 많지만 사돈네는 아들만 있으니 더 좋아할 듯도 하다.

예전에는 딸을 낳으면 마음이 아팠을 게다. 이십여 년 공들여 키워 시집을 보내면, 출가외인이라 하고, 근친(覲親) 때에 보고는 친정에 거의 갈 수 없었으니, 서로 그리워하는 정이 얼마나 컸을까? 친가 사람들도 걱정이 많았을 테고 시집간 딸도 시집살이를 하소연할 곳도 없이 서러움과 외로움에 많이도 울었으리라. 이제는 교통의 발달로 어느 곳이나 잠깐이면 갈 수 있고, 아예 살림집을 친정 가까이 마련하기도 한단다. 또 굳이 가지 않더라도 수시로 연락을 할 수 있다. 오히려 결혼한 딸이 육아를 비롯한 여러 가지 일들을 부탁하는 걸 염려해야 하는 시대가 되었어.

우리 사회가 여성이라고 해서 불이익을 당해야 하는 시대는 지났다. 각 분야에서 여성들의 활약이 날로 두드러지고, 진출하지 못하는 영역이 거의 사라져 가고 있다. 예전의 어떤 시대보다 여성들이 살아갈 만한 때가 도래한 셈이다. 웬만하면 어딜 가나 여성들이 많고, 남자들이 위축을 느낀다.

서너 달 전인가, 그때도 딸아이가 내게 전화를 했었다. 임신인 것 같다고 해서 그러냐고 했더니 반응이 왜 시원치 않느냐고 했다. 조금 늦게 아이를 갖겠다고 하더니 빨리 생겨 그렇다고 하니, 할아버지 되는 게 기쁘지 않으냐기에 별로라고 했다. 사실이 그랬다. 할아버지라는 말을 들으면, 퍼뜩 내 나이가 떠오를 게고, 심리적으로나 정신적으로 늙음을 인정하지 않을 수 없을 터이다.

자연계를 보아도 열매가 달리면 꽃은 시들고 열매가 굵어지고 커가면서 앞선 세대는 사그라진다. 앞 세대의 역할이 끝나 퇴장해야 하는 시기가 다가오는 게다. 딸이 임신하고 출산을 한다는 건 두세 대째 열매가 열린다는 게니 내가 시들고 물러나야 하는 때라는 징표일 수밖에….

인정하고 싶지 않아도 도리가 없다. 내가 더 이상 이 사회의 주류가 아니라는 걸 문득 문득 느낀다. 신문과 방송을 대하면서 모르는 용어들이 점차 많아지고 딸들이 컴퓨터나 스마트폰으로 쉽게 처리하는 것들을 나는 하지 못할 때 내가 밀려나고 있음을 절감한다.

딸아이가 태아의 성별을 알려 줄 때, 딸의 어린 시절이 생각났다. 돌이 갓 지나 아장거리며 걸을 때, 유모차에 두 딸을 태우고 아내가 근무하던 학교 정문까지 데려갔다가 퇴근에 맞추어 함께 오던 장면들이 살아난다. 조금 더 커서는 널따란 교회공간이 자기들 세상이라는 듯, 세발자전거를 타며 신나하기도 했다. 항상 어릴 것만 같던 아이들이 어느새 서른을 모두 넘어 이제는 사위들을 맞는 게 남은 일이다.

딸아이가 임신을 했다고 입덧을 하는 것이 신기했다. 내 보기에는 아직도 어린 소녀일 뿐인데, 벌써 그만한 세월이 흘렀구나 싶었다.

아내나 내 자신을 돌아보아도 삼십대의 마음 그대로인데 주변 동년배 친척과 친구들이 나이가 들었다. 친척들 모임에 가 보면 앞선 세대가 하나님께 부름을 받아 가고 뒤 세대가 맹렬히 따라와 삶의 중심에 자리하고 있다. 어린 줄만 알았던 그들이 직장인 초년생의 티를 벗고 있다. 정보를 얻고 일을 처리하는 방식이 대단한 걸 본다.

어쩌면 올해가 가기 전에 할아버지가 될지 모른다. 주위 사람들은 손주가 생기면 녀석에게 빠져 헤어나기 어렵다고 한다. 자녀들 때와는 전혀 다른 애착을 느낀다며 그들이 보고 싶어 안달하는 모습들이다. 내 스스로에게 다짐을 한다. 난 그러지 말아야지. 애써 무심해야지. 그 녀석들에게 홀려서 내게 유익할 게 무어란 말인가. 내 걸어갈 길을 터벅터벅 가야지.

마음속으로는 자녀들은 부모들의 문제지, 내가 관여할 것도 적고 내 삶을 그들이 흔들 수도 없다고 생각하면서도 한편으론 기대가 되고 두렵다. 경험해 보지 못한 새로운 사태에 어떻게 대처할 수 있을지 스스로 궁금하다.

새로운 생명이 태어나는 건 축복이고 기적이다. 한 생명이 이 땅에 오므로 많은 것들이 달라지리라. 그 녀석을 중심으로 생활의 축이 이동하고 새롭게 짜이는 게다. 인간이 손대기 어려운 그분의 신묘한 일하심을 지켜보는 수개월이 시작되었다.

아들, 딸은 의미가 없다. 자녀로 가정이 더 견고해지고, 세대가 이어진다. 삶의 신비를 날마다 알아가는 하나님의 선물로 아이는 이 땅에, 부모들에게 보내지는 게다. 생명의 시작이 사랑이듯, 그 과정도 맺는 열매도 사랑이다. 이 땅에 온 어린 생명들도 사랑으로 크고 주변에 사랑을 선물하여 기쁨을 준다.

감정을 진정시키며 언제까지 무덤덤할 수 있을지 나 자신을 시험해 보련다. 앞으로도 한동안 애써 무덤덤한 척해야지….

목욕

지리산이 있는 전남 구례로 일박 이일 여행을 간다. 오늘 할 일은 노천탕 목욕이다. 로마인들이야 그 옛날에도 호사스레 즐겼다지만 우리가 목욕을 자주하게 된 건 그리 오래되지 않은 것 같다. 하지만 이제 목욕은 보편적인 여가 활동의 한 부분이다. 언제부턴가 찜질방이 확산되면서 더욱 대중적인 문화가 되었다. 영어권에서도 소리 나는 대로 찜질방이라 쓴다니 그것도 온돌을 중심으로 한 우리 목욕 문화의 한 부분인가 보다.

무엇 때문에 목욕을 즐길까를 생각해 본다. 물이 인체의 가장 많은 성분이요, 생명의 출발이어서인가? 나는 물을 두려워한다. 그래도 물을 보면 마음이 편안해진다. 바다, 강, 호수, 냇물이나 샘을 보는 것도 흐뭇하다. 실제가 아니라 화면으로 보아도 마음이 평온해진다.

해가 뉘엿해 도착한 목욕탕은 관광객을 받기 위함인지 규모가 크다. 욕탕, 찜질방, 노천탕이 다 갖추어져 있다. 노천탕에 시간 제약이 있어 서로 약속을 하니 마음이 급하다. 탕 안에서는 사람들의 빈부나 귀천 같은 사회적 차이는 보이지 않는다. 오직 크고 작고, 굵고 가늘고, 털이 많고 적은 신체적인 다름이 나타날 뿐이다. 가능하면 일행과 행동을 같이 한다. 멋모르고 혼자 다른 곳을 다녀온 적이 있는데, 일행을 찾느라 적잖이 고생을 했다. 안경을 벗어 일행을 알아보기 어려운 데다 그렇다고 너무 가까이 바라보기도 민망하다. 한때는 안경을 써 보기도 했는데, 안경알에 손상이 간다고도 하고 닿는 부분 살갗이 뜨겁기도 해 쓰지 않는다. 가끔 보았던, 등에 문신을 한 이들이 여기에도 있다. 이유 없이 조심스러워진다. 사우나에서는 종종 '착하게 살자'는 살에 새겨진 권유문도 보고, 외국어로 착하게 살라는 명령을 받기도 한다.

욕탕에서 몇 달 안 된 사위를 졸졸 따라다니며 함께하는 것도 편안한 일은 아니다. 온 정성을 기울여 목욕재계하고 행할 만큼 중요한 일이 있는 것도 아니어서 서둘러 약속한 찜질방으로 간다. 일면식도 없는 남녀들이 넓게 트인 한방에 눕거나 앉아 있다. 전혀 이상하지 않고 그대로 자연스럽다. 신체의 굴곡이 다 드러나도 누구 하나 신경 쓰지 않는다. 나는 한곳에 자리 잡고 앉아 이 얘기 저 얘기 사위에게 말을 건네고, 상황이 낯설고 어색한 사위는 수시로 입구를 흘깃거리다, 일어나 통로를 오간다.

햇볕이 사라진 노천탕은 춥다. 서너 군데 둥글게 조성된 탕, 각기 온도차가 나는가 보다. 욕탕 건물 맞은편이 산으로 소나무들이 잘 조림되어 있다. 주위가 고요해 솔바람소리가 더욱 청량하다. 쏴쏴하는 소리, 밖으로 나온 젖은 살갗이 떨려와 따뜻한 물속에 몸을 담근다.

여기저기 오가는 여인들이 솔숲 호수에 사는 요정들 같고 날개옷을 벗어 놓고 연못으로 향하는 옛 이야기 속 선녀들처럼 보인다. 이럴 때는 자세히 볼 수 없는 것이 다행이다. 윤곽만 흐릿해 주름살이나 점들이 보이지 않고, 미추(美醜)에서 오는 감정의 변화도 적다.

물에서 나오니 찬바람에 추위가 몰려든다. 언 몸을 녹이려 온탕에 들어가 한참을 버틴다. 전신이 훈훈해 온다. 편안하다. 목욕(沐浴)은 목까지 물에 잠그는 것인가 보다. 목(沐)을 머리를 감는 것, 씻는 거라 하지만 머리와 몸을 잇는 목[頸]일지도 모른다. 목욕을 멱 감는다 하고 '멱살을 잡다', '돼지 멱따는 소리'처럼 목과 멱은 서로 통한다. 욕(浴)은 깊은 골 구석구석까지 물이 들어가는 모습일 테니 몸을 물에 담그는 거다. 온탕에 들어가는 것, 물속에 잠기는 건 다시 처음으로 회귀함이다. 따뜻하고 안전했던 어머니 배 속 깊은 곳, 아기 시절 궁궐로 돌아가는 거다. 은연중에 시원(始原)으로의 회귀본능(回歸本能)이 나타나는 것이 목욕이 아닐까.

물기를 닦는다. 일상으로 돌아가기 위해 시원의 흔적을 없앤다. 다시 내가 어떤 사람인가를 알리는 두 번째 사회적인 살갗들을 두른다. 2020년대를 살아가는 생활인으로 돌아온다.

목욕 전과 후가 무엇이 다른가. 후줄근하던 이들의 외관이 산뜻, 깔끔해진 것인가. 신화적 의미로 떠나왔던 본향을 들렀다 온 게다. 내 생명이 처음 존재하던 곳과 비슷한 환경으로 그곳을 상기시켜 주는 곳, 몸이 본능적으로 좋아하는 곳에 잠시 머물렀다 온 게다.

명절이면 귀성전쟁을 치르며 부모형제와 피붙이들이 살고 있는 고향에 다녀온다. 고향에는 뒷산과 앞개울이 있었다. 달라진 고향, 흙길이 아스팔트로 포장이 되고, 개울은 복개(覆蓋)되어 큰 길이 났다. 그래도 그곳에 갔다 오면 뭔가 모를 힘이 나고, 세상과 맞설 자신감이 차오른다. 어쩌면 최신 기기로도 측정할 수 없는 좋은 기운을 그곳에서 받아오는지도 모른다.

내 생명의 뿌리를 처음 내렸던 곳을 찾아봄은, 지금의 나를 돌아보게 하고 내 마음을 초심으로 되돌려 놓는다. 어디에서 와서, 지금 어디에 있고, 어디로 가야 할지를 성찰하도록 내 몸과 마음을 방향지어 준다.

나는 목욕탕 안으로 세상의 것을 하나도 가져가지 않는다. 시계도 안경도 다 벗어 놓고 간다. 알몸으로 들어가 그냥 멍하니 온탕에 머문다. 한증막에 가면 뜨거움을 참아내고, 몸을 씻으며 물을 맞으며 가득했던 생각들을 털어내고 머리를 비운다. 빈 마음으로 처음 시작하듯, 내게 주어진 일들과 새롭게 맞설 자세를 갖춘다.

목욕탕을 나서는 이들의 표정과 걸음걸이가 기대에 찬 듯 즐겁고 상쾌하다. 새로워진 몸과 마음으로 자신감이 가득한 것 같기도 하다. 갓 태어난 아기에게서 나는 향기가 전해져 오는 듯하다. 여인들은 물에서 갓 모습을 드러낸 아프로디테, 사내들은 갑자기 나타난 포세이돈 같다. 그들은 가장 아름답고 사랑스러운 여성, 거친 야성을 보여 주는 남성의 상징 아닌가?

어둠이 내리고, 보름을 향해 둥글어 가는 새하얀 달과, 밤하늘에 박힌 뭇 별들이 보석처럼 총총히 빛난다. 어쩌면 저 달과 별들도 긴 낮 동안 바다 목욕을 하고 바람에 몸을 말리며 이제 갓 말끔한 얼굴을 내민 건 아닐까.

훅 불어온 낯선 곳에서의 찬바람에 내 몸과 마음이 새로이 팽팽해진다.

금장시계

　서랍 속 모퉁이에 육각 모양 금빛 시계가 억울하다는 듯 자리하고 있다. 여덟 시 십칠 분 이십사 초, 연월일은 알 수 없어도 '성능을 발휘한 마지막 순간이었나 보다. 이 시계로 고민을 적잖이 했다. 초창기와 달리 시간을 정확히 알려 주지 못했다. 내가 할 수 있는 일은 전지를 제때에 갈아 주는 거였는데, 작동은 하지만 제시간을 보여 주지 않아 어느 순간 서랍에 넣어 두었다. 단순하면서 품위 있는 모습에 쉽게 폐기하지 못했다.

　삼십 년이 넘은 귀중품이다. 처가로부터 결혼예물로 받은 것이라 각별한 의미가 있다. 어림잡아 25년 가까이 내 손목에 붙어 함께 살았다. 내 가는 곳에 함께 가고 머무는 곳에 같이 있었다. 크게 마음 써 주지 않아도 제 할 일에 소홀하지 않아 필요할 때면 늘 정확한 시간을 알려 주었다. 그 근면 정확함은 내가 흉내 낼 수 있는 경지가 아니었다. 초침은 가늘고 늘씬한 몸매로 좁은 공간에서 하루에 1440바퀴를 돌았을 걸 상상하면 숨이 막혔을 듯하다. 내 손목 위 좁다란 공간에서 초침이 돌았을 천삼백만여 바퀴, 끝내는 지쳐 쓰러져 더 이상 달리지 못할 때 나는 시계를 은퇴시켰다.

손목에서 풀어낸 지 족히 예닐곱 해는 되었을 이 시계의 처리를 망설이는 이유는 무얼까. 예물에 귀중품이라는 의식이 강해서다. 왜 그렇게 믿고 있을까. 금빛 나는 줄에 모서리가 탈색되긴 했지만 거추장스러운 것 없이 단아해 보여서일까. 실제로 팔려고 하면 사려는 이가 없을 게다. 값나갈 만한 요소가 없어 보인다. 내 금장시계는 이제 귀중품일 수 없다. 그러면 왜 못 버릴까. 내 개인사에 그 시계가 함께한 오랜 추억 때문인가. 내가 대단한 사람이 되어 개인 기념관을 세우면 전시라도 하려고…. 그럴 수 있다면 얼마나 좋을까만 전혀 아니다. 딱히 뭐라 잘라 말할 수 없는 미련에, 내 우유부단함이 더해져 처리하지 못하는 거다.

금장시계는 그간 내게 무엇을 주었을까. 그 이름과 겉모습이 내 품위를 한껏 높여 주었던가? 그런 것 같지 않다. 정장 차림보다는 늘 수수한 걸 선호했으니 주변 사람들이 내가 좋은 시계를 차고 있다는 걸 알지 못했을 게다. 정확한 시간을 성실하게 알려 주어 내 생활이 변했나? 그것도 아닌 듯하다. 모임에 자주 조금씩 늦었던 것 같고, 오히려 그 시계를 벗은 어느 시점에 모임에 늦지 않기로 결심했었다. 그 결심도 오래 못 가 지금도 조금씩 늦곤 한다. 영양이 풍부한 음식은 나를 건강하게 하고 좋은 책들은 사고의 지평을 넓혀 주었을 게다. 내 눈에 맞는 안경은 생활의 불편을 덜어 주고 활자를 통한 정보의 습득을 도왔고, 아령이나 줄넘기라면 내 체력증진에 한몫을 했을 게다. 금장시계는 내게 그 아무 역할도 하지 못했다.

이제 조금은 알겠다. 귀중품은 본래 쓸모가 별로 없는 것이고 예물은 그중에서 값이 꽤 나가는 건가 보다. 쓸모가 분명한 생활필수품이라면 그리 오래 간직할 수 없을 게다. 진주, 금, 다이아몬드로 된 반지나 목걸이를 예물이라 하니 더욱 그렇다. 귀중품은 어렵지 않게 현금으로 바꿀 수 있으니, 자녀의 앞날을 불안해하는 부모로서 염려와 사랑을 담아 마련해 주기에 알맞은 것이 아니었을까 싶다.

정작 귀중품은 왜 비싼 것일까? 쓸모가 없으면 천하고 값이 싸야 함에도 그 아름다움과 변하지 않음, 그리고 희소성 때문에 귀함을 인정받고 높은 가격에 거래된다. 그런 조건이라면 나도 얼마간은 갖춘 듯하다. 할 줄 아는 게 별반 없으니 실제적 용도가 적고, 잘 변하지 않는다고 나는 확신하고 있다. 신체적으로 또 기능면에서 온갖 불리한 조건들을 두루 갖추고 있으니 굳이 따진다면 희소성에도 웬만해선 밀리지 않는다. 그러니 잘 다듬기만 하면 나도 귀중품이요 보석이지 싶다. 자신이 값비싼 존재임을 어떻게든 스스로에게 각인시키고 싶다. 인간의 기본적인 욕구가 위협받는 순간에는 보석이 큰 의미가 없다. 그런데도 전쟁의 소용돌이에서 사람들이 보석을 탐내는 건, 언젠가는 전쟁이 그치고 평화로운 때가 오리라는 걸 경험을 통해 알기 때문이다. 귀중품은 재난의 때에도 인정을 받는 셈이다.

어떤 이들은 내게 부속품을 새것으로 교체해 금장시계를 차고 다니라고 권유한다. 그럴 마음이 없다. 요즘이 어떤 시대인가. 꼭 있어야 할 것 같은 터미널에서도 쉽게 찾을 수 없는 게 시계다. 그 의미는 별도의 시계가 필요치 않은 시대가 되었다는 거다. 이런 때에 왜 금장시계로 편함에 길든 손목을 또 다시 수고롭게 하겠는가. 명품 금장시계를 차고 무슨 대단한 품위를 인정받아야 할 일도 없고 그런 걸 원치도 않는다.

그 시계를 보면 한 생애 동안 온 힘을 다해 맡은 일을 하다가 생명이 진했음에도, 물러나 편히 제 쉴 곳에 자리하거나 새로운 존재로 다시 태어나지 못함이 애처로워 보인다. 적절한 시기를 놓치는 게 내 삶에 다반사이긴 하지만 이건 너무 심하다는 생각을 한다.

짐작하기론 금장시계가 8시 17분 24초를 가리키면서 내 우유부단함 때문이라는 이유도 모른 채 이후로도 적지 않은 세월을 내 서랍 속에 더 머물 듯하다. 아릿한 미련에 이별이 쉽지 않은 게다.

어쩔까나. 이제 더 이상 제 기능을 하지도 못하고 귀중품이라 부르기도 민망하지만 으슥하면서 눈에 띄는 곳에, 처가로부터 받은 귀하고 비쌌던 결혼예물들의 상징으로 잘 모셔 두고 틈틈이 들여다볼까나….

삼십 년 전 여름밤

그해 여름도 몹시 더웠다. 조국의 최전선 경기도 연천에서 지낼 때였다. 한낮의 열기가 가시고 하늘이 검은 장막을 치면 무수한 별들이 뜨고 하늘 가운데 달이 얼굴을 내밀곤 했다. 밤이 익숙지 않았던 삶을 살아왔지만 20대 후반에 가족과 떨어져 전방에서 맞이하는 여름밤은 나름 운치가 있었다. 잘린 조국의 허리 근처에 남북한의 젊은이들이 무리지어 살아감이 상처주변이 소보록하게 돋아 오른 형상이었다.

숱하게 뿌려지고 묻힌 지뢰를 파낸 후, 닦아 놓은 길을 따라 달빛은 은은히 부서져 내리고 달빛에 가려진 별들은 희미하게 반짝이며 자신들의 존재를 알리고 있었다. 길가를 따라 달맞이꽃과 개망초 그리고 이름 모를 들풀과 꽃들이 외로운 밤을 지키고 있었다. 낮의 열기가 걷힌 산속의 밤은 고즈넉하고 여기저기서 군인들이 은밀히 움직이는 소리만 들려올 뿐이었다. 간간이 들려오는 야간 포 소리는 여기가 최전선임을 알려 주어 퍼뜩 정신을 가다듬게 한다.

밤이 깊어 어느 순간 북의 대남 방송이 시작되고 그에 질세라 귀에 익은 노래들이 흘러나온다. 〈가슴앓이〉, 〈J에게〉가 한창 불리어

질 때여서 거의 매일 밤 그 노래들이 군인들 곁을 맴돌고 있었다. 오르막 내리막을 따라 설치된 전방감시초소들에는 조국의 젊은이들이 눈을 부릅뜨고 이상 징후가 있는지를 살피고 있다. 신병 때는 적잖이 긴장을 하지만 세월이 갈수록 편안해진다. 매순간 매의 눈으로 전방을 살피기도 쉽지 않다. 경계라는 것이 일 년 내내 열심히 했다가도 한 번 문제가 생기면 그간의 노고는 허사가 되고 경계에 실패한 군대가 된다. 군대의 격언에 전투에 패한 지휘관은 용서할 수 있어도 경계에 실패한 지휘관은 용서받을 수 없다고 했다.

초병들에게는 청량한 밤이다. 달도 밝고 별도 빛나니 눈으로만 보아도 웬만한 징후는 감지할 수 있다. 밀어내기 근무라고 일정 시간이 지나면 차례로 초소를 순회하면서 근무한다. 계속 이동해야 하니 졸음을 방지할 수 있고 자신의 구역에도 익숙해지는 좋은 점들이 있다. 그 사이사이에도 상급자가 순회를 하고 연락을 하니 근무를 소홀히 할 수 없다. 20여 년간 가정과 학교에서 사랑을 받으며 귀하게 자라난 젊은이들이 갑자기 바뀐 환경에서 자신의 역할을 제대로 해내기란 쉽지 않다. 더구나 민주적 사고방식에 익숙한 이들이 군대식 상명하복(上命下服) 체제에 적응하기가 얼마나 어려울까? 그들이 군대의 계급구조와 선후배 관계로 묶여 교육과 훈련을 받고 정해진 기간 동안의 국가방위를 담당한다. 나라를 지키기 위해 꼭 필요한 일들을 생략할 수 없으니 때로는 과중한 일도 피할 수 없다. 이 땅의 선배들이 감당해 왔고 또 후배들이 이어서 해 나가야 할 일이다.

생각도 많고 할 일도 많고 격렬한 감정을 지닌 피 끓는 청년들이 오늘밤도 잠을 미루고 조국의 최전선을 지키고 있다.

달은 휘영청 밝고 별들이 밤새 속삭이며 온갖 들풀과 꽃들이 또 다른 하루를 준비하느라 분주하고, 우거진 수풀 속에서 동물과 벌레들이 깨어날 때쯤 병사들은 보초근무를 마치고 피곤한 모습으로 한밤을 무사히 지키고 돌아온다.

부옇게 동이 터오고 풀꽃에 맺힌 이슬들이 전투복의 바짓단을 적실 때 세상은 하루를 시작하고, 그들은 고단했던 하루를 마감하고 잠자리에 든다. 조국의 또 다른 하룻밤의 안위를 지키기 위해 최소한의 휴식을 취하며 꿈속에서나마 그리운 가족과 친구들을 만나고 그들의 피로를 풀리라.

30년 전 여름밤은 그렇게 하루하루가 켜켜이 쌓여 갔었다.

◤ 가을 소리

가을밤은 소리로 온다. 무더위가 사그라지니 청각이 살아나는지 구월이 오고 추석이 가까워지면서 밤이 되면 한낮의 열기가 가시고 귀뚜라미 소리 내 가슴을 파고든다. 소리다. 귀뚜라미의 생명과 상징은 소리일 수밖에 없다. 초가을 가뭇한 하늘에 시원한 별들이 나오면 창문 아래 그들의 합창이 시작된다.

"한 해가 가네…."

"정신 차리게…."

"서두르게…."

라고 외치는 것처럼 가을밤의 귀뚜라미 떼는 그악스레 힘찬 소리로 내 마음을 헤집고 든다.

귀뚜라미를 한자어로 '실솔(蟋蟀)'이라 한단다. 두 글자가 다 귀뚜라미라는 뜻인데 그 둘을 묶어 한 단어로 쓴다. 왼쪽 것은 변으로 벌레를 나타내고 오른쪽의 '실(悉)'은 '다, 모두, 갖추다'의 의미이고, '솔(率)'은 '거느리다, 장수' 같은 뜻이다. 어쩌면 '모두를 거느린 장수'라고 해석할 수 있을 것도 같다. 가을의 모든 것을 다 거느리고 앞장서서 찾아온 목소리 큰 장수가 귀뚜라미 아닐까 싶다. 그런 생각을 가지고 그의 외침을 들으니 "실솔, 실솔, 실솔…"처럼 들린다. 실솔이라고 이름 지은 것이 소리를 흉내 낸 것 같다. 그가 외치는 듯한 '다 갖추고 앞서 가라'는 소리가 '일어나 채비하고 출발하라'는 외침처럼 들린다.

언제까지 누워 있을 것인가. 아직도 한동안 더 뒹굴기만 할 것인가. 덥다는 핑계로 게으름을 떠는 내게 그들은 온 힘 다해 고함을 지르며 직격탄을 날리고 있다. 하긴 해야 할 것이, 하고 싶은 것이 한두 가지가 아니다. 마음만 급하고 몸이 달 뿐이니 이제는 떨치고 일어나, 되든 안 되든 귀뚜라미들처럼 원하는 일에 온 힘을 쏟아붓고 싶다.

영어권에서는 귀뚜라미를 크리켓(cricket)이라고 한다. 어떤 이들은 귀뚜라미가 '크리 크리…' 울어서 그 소리를 따서 크리켓으로 했다고 하지만 내게는 끝없이 '클릭해, 클릭해…'로 들린다. 요즘은 무엇을 하든 컴퓨터를 통하여 하는 일이 많으니, 수시로 클릭을 해야 한다. 클릭이 시작이요 출발이니 '시작해, 시작하라고…'인 셈이다.

언제부턴가 한 해가 열 달 같다고 느끼고 있다. 이어 오는 두 달은 선물처럼 생각한다. 한 해의 일을 열 달에 마쳐 놓고 지난 일들을 점검하고 새로운 일들을 계획하면서 미진한 것들을 보충하는 두 달을 더해 한 해를 살고 싶은 마음이다. 창 가까이에서 마음 쓰이게 울어대는 귀뚜라미 소리에 잠은 달아나고 정신이 더욱 맑아진다. 이 한적한 가을밤에 내게 무엇을 생각하라고 저들은 나를 잠 못 들게 하는 것인가?

높아진 하늘, 옅어진 햇살 속에 들판의 곡식들은 푸른빛이 조금씩 금빛으로 물들어 가고 잠자리들은 허공을 날며 더 깊은 가을로 가고 있는데…. 꽃밭에는 채송화, 백일홍이 시들고 과꽃이 피어나고 길가엔 코스모스가 하늘거리는데 아직 시절 바뀌는 줄 모르고 어물대는 내게 정신 차리라는 걸게다.

　비몽사몽간에 어렴풋 잠이 들었던가 보다. 수년 전에 하늘로 간 가까이 지내던 이를 태우고 내가 운전을 해서 어디론가 가다가 깼다. 이건 또 무슨 일인가. 왜 한동안 보이지 않던 다른 세상 사람이 꿈에 보이는가. 언제 갈지 모르는 것이 인생이니 후회하지 않도록 열심히 살라는 것인가.

　잠이 저만큼 달아나고 깊은 밤 혼자 들으니 '실솔, 실솔…' 소리는 더 크게 마음을 파고든다. 잠들지 못하는 이 밤을 저들이 하는 이야기에 귀를 기울이고 마음에 새기는 일로 채워야겠다.

　우리말 귀뚜라미도 소리를 의식해서 그 이름을 지었을 듯하다. 귀를 뚫을 듯한 소리니 얼마나 잘 지은 이름인가. 달리 '귀뚜리'라고도 불리고 있으니 '귀뚫이 - 귀뚤이 - 귀뚜리'로 바뀌었는지 모른다. 내 할 일에 태만하고 시간의 흐름을 읽지 못하니, 이제 정신을 차리라고 내 귀를 뚫기 위해 내 잠을 방해하는가 보다. 그렇다면 내게 피해를 주려는 것이 아니라 깨우치려 함이니 나를 위한 자명종(自鳴鐘)이다. 깨우지 않으면 제 시간에 일어나지 못하는 이에게 꼭 필요한 것이 자명종이다. 느리더라도 한눈팔지 않고 계속 걸어가는 것이 멀리 가는 방법이다. 조금 쉬는 것 같지만 함께 걷던 이들은 저만큼 가 있고 한 번 쉬면 다시 몸을 일으키기 더 어렵다. 알람을 두세 개씩 맞춰 놓는 이들이 있다. 내 생각에는 하나면 족할 것 같다. 한번 울릴 때 정신 차리고 벌떡 일어나야지, 뭉그적대면 시간만 흘러가고 미련이 남을 뿐이다. 잘못하면 자명종에도 내성(耐性)이 생긴다.

　이 밤 나를 위해, 귀뚜리가 가까운 담벼락에 찾아와 내 귀를 뚫고 '정신 차리고 할 일을 시작하라'고 온몸으로 소리치고 있으니 더 이상 미적거릴 수 없다. 가을 소리에 내 원하는 것을 거둘 날을 그리며 힘껏 달려갈 다짐을 한다.

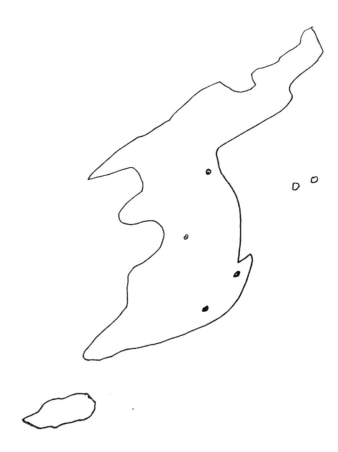

VII —— 조금 떨어져서 보는 세상

공림사(公林寺)

푸른 하늘 아래 바람도 없이 고즈넉하다. 시간이 멈춘 듯, 산은 드문드문 흰 뼈를 드러내고 산자락에 자리한 몇 채 절집이 고요하다. 신앙이 닿아 있는 세계는 저 너머여서 시간과 무관하다. 가을 햇살과 바람, 풀과 나무들이 한가롭다. 포장된 도로와 회색건물을 벗어나 트인 하늘에 비스듬히 높은 산, 붉은 흙과 바람에 날리는 잎사귀들이 상쾌하다.

시간 밖에 있는 신이 시간 안으로 들어와 인간들과 함께 거하며 진리를 설파하고 다시 시간 밖으로 돌아간다. 영원히 계시니 시간을 떠나 있음이다. 신이 머물던 곳, 신을 섬기는 곳은 이 땅, 시간 속에 남아 있어 낡아 가고 전쟁에 불타기도 한다. 임진란엔지 한국동란 때인지 피해를 입었지만 오랜 세월 지난 후 한 스님의 헌신적인 수고로 다시 필요한 여러 건물들이 세워졌다고 한다. 이 땅에 있어도 영원과 이어진 곳이니 사유(私有) 아닌 공(公)이겠지…. 절 마당을 돌아가니 오래된 비석 하나 세월의 흔적을 드러내고 서 있다. 문장마다 깊은 뜻 담았겠지만 세월 흐르고 무지한 후손은 읽어 내기 어렵다.

경내에 오래된 나무들이 여럿이다. 절 이름에 수풀 림(林)이 들어 있는 걸 헤아리면 초기에는 더 많은 나무들이 있었음 직하다. 둘이 붙어 하나 된 나무도 있고 어떤 나무는 구백아흔 살이 넘었다고 하는데 그게 삼십여 년 전이니 이제는 넉넉히 천 년이 넘은 나무임에 분명하다. 천 년을 넘은 존재 앞에서 인간은 왜소하고 겸손해진다. 살아온 세월을 열 배 해도 이르지 못하는 고려 때부터 이 땅을 지켜 온 나무다. 개나리, 진달래 어우러지고 천둥 치며 비 쏟아 내고, 온 산 붉게 물들고 하얗게 눈 쌓이는 광경들을 천 번도 넘게 겪어온 게다. 긴 세월 세속의 물결이 이곳 마당까지 넘실거리던 시절도 있었을 게고, 국난에 모든 이들 근심에 싸인 풍경도 보았을 게다. 볼 것, 못 볼 것, 즐거운 일 궂은 일 거치며 한결같은 자세로 버텨 왔을 터다.

비석 옆, 지방자치단체가 해 놓았을 설명엔 공림사(公林寺)가 공림사(쏘林寺)로 되어 있다. 아차, 하고 한눈파는 순간에 실수했나 보다. 텅 빈 듯 느껴지는 이곳에 잘 어울리는 이름이다. 곳곳에 자리한 은행나무 아래 계절을 이기지 못하고 땅으로 내려와 수북이 싸인 금잎들이 찬란하다. 인간의 손이 닿지 않아 때 묻지 않고 수려하다. 누가 아무리 화려하게 치장한다 한들 저렇게 순수하고 고울 수 있으랴. 고운 그들도 세월과 함께 추레해지고 흙으로 돌아가 마침내 또 다른 후손의 밑거름이 되리라. 색즉시공(色卽是空)이요 공즉시색(空卽是色)이라 했으니 서로 다른 게 아닐 게다. 찬란한 금빛이나 텅 빈 허공이나 한 가지리라.

너른 산에 나무가 있으면 바위도 있어야지. 절 배경이 되어 준 낙영산(落影山) 자체가 바위산이다. 맹금류 등[背]에 드문드문 난 흰 깃털처럼 나무 하나 허락하지 않는 꼿꼿한 자세로 가파른 암벽을 보여주고 있다. 그 산 기운이 자락까지 온 것인지 경내 곳곳에 커다란 바위가 터 잡았고 사이좋게 나무들과 언덕이며 마당가를 나누고 있다.

경내를 벗어나 거대한 바위 하나 압도하고 서 있어 다가가 바라보니 개구리 형상이다. 절 사람들도 비슷하게 보았는지 둘레를 파놓아 못처럼 물이 고였다. 개구리를 아무리 미물(微物)이라 해도 사람 수십 명 합친 덩치니 거물(巨物)이다. 많은 이들이 찾아보는 명물이 되고 조금 더 나아가면 다급한 이들이 석대와(石大蛙)에게 소원을 빌지도 모르겠다.

절이 얼마나 너른지는 모른다. 절을 사(寺)라 하니 땅[土]이 조금 [寸] 있으면 족할 듯하나 꼭 그렇지는 않다. 여러 집[殿]을 지어야 하고 수도할 곳에 기거할 건물도 있어야 하니 점점 커져 간다. 여러 면으로 은덕을 입은 이들이 희사도 해서 세월과 함께 늘어나기도 했으리라. 종교마다 빠뜨리지 않고 강조하는 게 청빈(淸貧)이다. 구도자들이 매인 것 없고 시설도 간략한 것이 좋지 않을까. 지난날 종교가 강성했던 곳에 대규모 시설물들이 전해져 온다. 그 웅장 거대함과 어느 정도 비례해서 그곳에 속한 구도자들이 힘을 가지면 지역민의 원성도 커져 간다. 기독교와 불교의 구도자들이 탁발(托鉢)을 하던 시기가 있었다. 재물의 유혹에 대한 강한 경고였으리라.

나무들이 잎을 떨구고 가벼워지듯이, 얽매이지 않음이 자유로움
이듯이, 그런 의미의 공(公) 혹은 비석 옆 설명처럼 공(空)의 정신이
이어졌으면 좋겠다. 나 자신이 부름 받은 길을 가는 구도적 신앙인
으로 개인의 무능에 기댄 바 크지만 청빈을 지키며 초심(初心)을 잃
지 않으려 애쓰며 산다.

피안(彼岸)의 향기가 머무는 땅에만 살 순 없다. 개구리바위를 지
나니 잎이 시든 연(蓮)못이 있다. 진흙탕 속에서 핀다는 연꽃, 물을
받아들이지 않아 구슬처럼 토해 내는 연잎….

고요와 적막 속에 자신을 돌아본 이들이 이제 흙먼지 가득한 세상
으로 돌아간다. 이슬처럼 영롱한 언행을 보여 줄 각오로, 스스로는
가난해지고 타인들을 살찌울 결심으로 세상으로 향한다. 은행나무
의 금빛보다 진한, 단풍나무 붉은 잎들의 단단(丹丹)한 마음으로 살
아가라는 배웅을 받으며 총총히 공림사(公林寺)를 떠난다.

의림지(義林池)에서

하루 가족 나들이를 제천으로 갔다. 처음 가는 곳이 의림지(義林池)다. 제천하면 먼저 떠오르는 곳이니 당연한 듯하다. 시야가 탁 트이는 제법 커다란 저수지로 삼국시대부터 있어 왔단다. 흐린 하늘에서 호수 위로 비가 내린다. 적지 않은 이들이 호수를 한 바퀴 돌고 있다. 숱한 빗방울이 원을 그리는 수면을 보면서 의림지(義林池)의 의미를 생각한다.

의림지가 제천의 상징이다. 제천(堤川)이 '둑[堤]과 천(川)'이니 흐르는 냇물을 둑으로 막아 저수지를 만들고 그 물을 천(川)으로 흘려보내 농사를 짓고 살아가는 지역공동체가 제천이었을 게다. 림(林)과 지(池)가 함께 있는 것이 이채롭다. 림(林)이 숲이라면 지(池)는 호수인데 어찌 함께 넣을 생각을 했을까.

제천에는 의(義)가 포함된 것이 여럿이다. 길 이름이 의병대로(義兵大路)고, 해마다 시월이면 의병제(義兵祭)가 성대하게 진행된다고 한다. 제천의 옛 이름이 의원(義原), 의천(義泉), 제주, 제천이고 제천이 시가 되자 남은 지역을 제원군이라 했으니 제(堤)와 의(義)는 바꿔 쓸 수 있을 정도라고 할 수 있지 않을까. 의림지 주변의 숲을 제림(堤林)이라 부른다. 그걸 의림(義林)이라 해도 어색하지 않을 듯하다.

제천에서 의병활동이 많았다고 한다. 의암(毅菴) 유인석, 습재(習齋) 이소응, 이강년을 비롯해 수많은 의병들이 제천을 중심으로 활약했다. 어쩌면 그들도 의림지 가에서 호수의 잔물결을 바라보며 의병들이 나무숲처럼 많아져 호수를 메울 만하면 의림지 속 그림 같은 섬에 닿듯, 사람 살 만한 세상으로 갈 수 있다고 믿었을까. 그들도 비 내리는 날, 떠나온 고향 생각하며 처자식 생각에 눈물을 흘렸겠지….

언젠가는 의병들이 제천에 모여들어 나라 위해 큰 싸움할 걸 알고 의림지라 이름 지었을까? 의(義)를 품은 이들이 모여 숲을 이룰 줄 알았을까. 제천에 모였던 의병들은 어찌되었을까. 의병들은 조국이 외국과 전쟁하는 시기가 아니면 관군에 맞서는 모양새가 된다. 관군이 강하면 관군에 패하고, 관군이 약하면 외세와 합작한 연합세력에 진압되어 최후를 맞는다. 의병이 된다는 것은 위태로운 시국에 나라 위해 생명을 바친다는 의미다. 의병은 어려움을 겪는 게 운명이다. 봉기의 순간은 애국심과 분노로 가능하지만 세월이 감에 따라 내부의 불만이 쌓이고 무기와 군량의 지속적인 공급이 어려워질 수밖에 없다.

평화로울 때에는 의림지가 지역민에게 어떤 존재였을까? 모두의 관심사로 생활에 가장 큰 영향을 미치는 요소였을 게다. 이천 년 가까운 세월 많은 이들이 의림지 주변을 거닐며 삶을 이어 갔으리라. 가뭄과 홍수에서 자유로운 햇수가 얼마나 되었으랴. 비가 오지 않으면 적은 저수량에 근심스러워하고, 홍수가 지면 차오르는 물높이를 보며 걱정이 깊었으리라. 가뭄과 홍수가 아니라도 저수지를 둘러싼 사건 사고가 적지 않았을 게다. 양반은 그들대로 또 서민은 서민대로 의림지에 깃든 사연이 많았을 게다.

의림지를 한 바퀴 도는 동안 비는 멈췄다 내리기를 되풀이한다. 스피커를 통한 노랫소리와 여기저기 추억을 찍는 무리들은 이곳이 관광지임을 증언한다. 호수 위로 한가로이 오리 배들이 떠간다.

이천여 년의 역사를 가진 의림지에서 얻어야 할 교훈은 무엇인가? 위기를 평상시에 대비하라는 것 아닐까. 의병들이 늘 가슴에 품었을 의(義)를 생각한다. '옳을 의, 바를 의', 의(義)는 양 양(羊)을 부수로 그 아래에서 나 아(我)가 받치고 있다. 양은 늑대나 염소에 반대되는 짐승으로, 신에게 바치는 희생 제물로 자주 나타난다. 신에게 바치는 물건은 깨끗하고 온전해서 흠이 없는 가장 좋은 것이다. 그것을 개인인 내[我]가 떠받들고 있으려면 그보다 못해서는 안 되리라. 사심(私心)이 없이 옳고 곧은 마음상태를 의(義)로 여긴 것 같다. 개인의 욕심과 이해관계를 떠나 판단한다면 그 결과가 처음 예상에 미치지 못해도 비난할 수 없다.

현대인의 삶이 점차 개인중심으로 변화되어 간다. 평소에는 그럴 수 있다. 하지만 공동체가 무너질 위기의 순간에는 사고를 전환하여 자신을 넘어 전체를 생각해야 한다. 그것이 성숙한 시민의 모습이며 의림지를 긴 세월 존속시켜 온 힘일 게다.

빗방울이 굵어지고 빗소리가 더욱 커져 간다. 우산을 준비한 이들은 펼쳐들고, 미처 대비하지 못한 이들은 행동이 빨라진다. 세찬 비는 호수 위로 수많은 원들을 그리며 도로를 선명하게 적신다. 의림지에 사람의 물결이 잦아드니, 오래전 처음의 모습을 보는 듯하다. 서둘러 의림지를 떠나며 제천을 두고 발길을 돌리는 양, 쉽사리 호수의 모습이 잊히지 않는다. 제천(堤川)은 의천(義川)이고, 의림지(義林池)이며, 의림지가 곧 제천인 것처럼 마음에 새겨진다.

외로움에 기대어

　이 봄이 다 가기 전에 기차를 타고 강원도를 다녀왔다. 바다를 보고 싶어서였는데, 네 시간 반 기차를 타고 갔다가 이십 분쯤 동해를 보고 또 네 시간 반쯤 기차를 타고 돌아왔다. 멀미약을 붙인 아내는 졸면서 가고 나는 산과 들과 내를 보며 갔는데, 터널이 어찌나 많은지 자연을 보려 하면 수시로 나타나 속이 울렁이기도 했다. 높은 산을 오르는지 마치 기차로 등산을 하는 기분이었다. 내 고장에서 제대로 보지 못한 봄꽃들과 연둣빛 신록들을 실컷 즐긴 하루였다.

　기차는 들판과 산 사이를 누비며 줄기차게 나아갔다. 분홍과 노랑 그리고 흰색의 꽃들과 연두색 이파리들은 지역에 따라 시작하고, 절정으로 치닫고, 이미 시들어 가는 곳들도 있었다. 그들 곁을 지나노라니 뭇 사람들의 관심을 받지 못하고 나이 들어가는 미인들을 대하는 것 같았다. 철길 가에서 홀로 피고 지는 꽃들이 외로워 보였다. 그들만 아니라 저 산속에는 홀로 피고 지는 꽃과 나무들이 얼마나 많으랴. 가을이 되면 그들의 열매도 홀로 맺고 홀로 익고 홀로 떨어져 거름이 될 것만 같다.

　그들 사이를 지나가는 기차도 외롭긴 마찬가지다. 기차는 태생적으로 외롭다. '기찻길 옆 오막살이'라는 노랫말처럼 기찻길을 따라서는 사람들이 그다지 모여 살지 않는다. 승용차나 화물차가 다니는 도로 곁으로는 많은 가게들과 집들이 늘어서고 다수의 사람들이 산다. 어디서든 차들이 서고 사람들이 내릴 수 있기 때문이다. 하지만 기차는 다르다. 정해진 곳에서만 기차가 서고 사람들이 내린다. 약속되지 않은 곳에서 서거나 내리면 그건 사고다. 사람이 없는 곳에 가게가 생길 리 없다. 많은 이들이 모여 사는 곳에는 오히려 방음벽과 차단벽이 세워진다.

기차는 전혀 사적인 여지가 없다. 승용차나 화물차는 개인이 소유할 수 있고 심지어 배와 비행기도 개인이나 회사가 가질 수 있지만 기차가 개인 소유라는 것은 어울리지 않는다. 장난감 아닌 진짜 기차를 자기 집에 가지고 있는 이가 누가 있을까. 우리 집 주차장에 기차가 있다고 한다면 모두가 의아해하리라. 약속 장소에 자기 기차를 끌고 갈 사람은 아무도 없다. 개인적인 것이 전혀 없이 공적인 일로만 운영될 때, 융통성이나 유연함을 기대할 수 없다. 계획한 대로, 원칙대로만 움직이니 공공성을 지닌다.

더구나 기차는 오직 외줄기, 철길로만 다녀 외롭다. 외롭다는 것은 혼자뿐, 하나밖에 없다는 의미이지 싶다. 외아들, 외기러기, 외고집, 외나무다리, 외길 인생 등 얼마나 홀로, 쓸쓸한 느낌들이 강한가. 기차는 그 오가는 노선에 조금도 가변성이 없다. 처음 운행부터 마치는 순간까지 정해진 노선을, 정해진 시간에 시계추처럼 오가야 하니 그 아니 외로운가. 상의를 하거나 조언을 듣는 것은 선택의 여지가 있을 때다. 오직 하나뿐, 다른 가능성이 전혀 없다면 홀로 그 외로운 길을 구도자처럼 가야 한다. 사람들이 없는 한적한 산과 들, 냇물을 벗 삼아 한없이 오가며 기차는 무슨 생각을 할까?

기차는 타고 내리는 승객들과 친해질 수 있을까. 기차 때문에 기차를 타는 이들이 누가 있을까? 기차 안에서도 잠을 자거나 창밖을 바라보거나 자기들끼리 즐길 뿐, 아무도 기차를 쓰다듬지도 끌어안지도 않는다. 자신들의 필요에 따라 탔다가 목적지에 도달하면 조금도 미련 없이 서둘러 내려 뒤도 돌아보지 않고 끼리끼리 정담을 나누며 갈 길을 간다. 기차도 그것을 알기에 승객들이 내리고 타면 아무런 덧정 없이 곧바로 떠나고 만다.

돌아오는 기차 안에서 의도치 않게 주변에서 나누는 이야기를 듣게 되었다. 가족 친척이 아닌 이들이 서로의 외로움에 지쳐, 친구들을 사귀어 마음에 맞는 곳을 다녀오면서 자기 가정과 스스로를 자랑하고 있었다. 뒤집어 보면 자신의 외로움을 상대를 향해 표현하는 것일 뿐이다. 외로운 세상 서로 말벗이라도 하고 손이라도 잡고 살자는 게다. 그 바람이 얼마나 오래갈까. 예전에는 그런 이들이 없었을까? 나이가 들면서 병들어 서로 못 만나고, 먼저 하늘로 가서 헤어지고, 어쩔 수 없는 이사로 멀어지기도 했으리라. 인생은 근본적으로 외로운 것인지 모른다. 혼자 오고 혼자 떠나야 하는 것이 우리의 운명이지 싶다.

봄날의 낮이 짧은지 청주역에 내리니 사방에 어둠이 깔렸다. 아침에 세워 둔 곳에 다소곳이 기다리고 있는 차 모습이 편안하다. 그곳에 개인의 소유, 개인의 영역이 있고 내가 사용하는 흔적들이 있다. 한낮의 기차 안보다 기온이 낮을 게 분명하건만 따듯함이 느껴진다. 집으로 향하며 어느 길로 갈까를 고민한다. 속도를 높일 수도 있고 줄일 수도 있다. 도로에 몰려든 주변의 차량 불빛들이 이 한순간 함께 가는 존재들이라고 소리치는 듯하다.

늦은 봄날에 외로운 기차를 타고, 외줄기 철길을 따라 언제나 제자리를 지키는 산과 들과 내를 지나며 붙박인 듯, 홀로 피고 지는 꽃과 나무들을 보면서 오늘 내 외로움의 키를 한 뼘이나 더 키웠다.

순천만 갈대

시린 찬바람을 밀치고 눈앞에 늘어선 키 크고 마른 갈색의 무리들이 나를 압도한다. 일월 말 영하 십 몇 도를 오르내리고 칼바람마저 불어온다. 무슨 생각으로 이 을씨년스런 순천만에 왔는가? "철새들의 천국"이라는 매력적인 소문에 살아 있는 자연을 보려는 욕망이 더해졌다. 펼쳐진 광활한 규모와 옷 속을 파고드는 추위는 갈대밭을 한 바퀴 돌고 싶은 욕망을 주저앉힌다.

외투를 입고 털 깃으로 목을 감싸고 핫팩을 주머니에 넣었다. 춥지 않다고 마음에 최면을 걸며 걸음을 재촉한다. 교차하는 이들의 얼굴이 시퍼렇다. 간혹 동료들의 비행(飛行)에 자극을 받는지 철새들이 날아오른다. 얼마가지 않아 도달한 무진교에서 바라보니 철새들이 수면위에 무리지어 떠있다. 날마다 대하는 인파에 무심한 듯 그들끼리 소란하다.

나무로 조성해 놓은 길을 따라 좌우에 자라난 갈대가 내 키와 차이가 나지 않는다. 칼바람에 추워 "스스스" 떨면서도 옆 친구들 의식하는지 움츠리지 않는다. 그 키에 비쩍 말라 얼마나 추울까? 추위에 언 사람들이 물결처럼 움직여도 무리의 위세인 듯 갈대들은 덤덤히 제

자리를 지킨다.

이리저리 흔들리는 걸 갈대와 같다 한다. 순천만 갈대밭에 와보니 대나무나 벼처럼 속 비고 큰 키에 많은 씨앗들을 이고 있다. 그 심한 불균형에 쉴 새 없이 바람 불어도 꺾이거나 부러지지 않고 굳세게 버티고 있다. 그들만큼 환경에 굴하지 않고 버티기도 힘들 것 같다. 갈대는 한두 포기보다는 군집으로 모여 살아야 멋이 있다. 한곳에 많이 모여 살수록 보러 오는 이들이 많고 갈대들도 신이 날게다. 자기들끼리 주절주절 이야기도 하고 바람 따라 "사사삭 사사삭" 장단도 맞춘다.

갈대에게도 좋은 시절이 있었을 게다. 파릇하고 귀여운 어린 시절이 있었고 점점 굳세어지는 유년의 때도 지났으리라. 꽃이 피어 바람에 날리고 씨앗이 열리는 장년의 시기를 지나 이제 몸에서 물기 빠져나가고 유연성을 잃어버린 노년의 시기를 겪고 있다. 연두에서 녹색을 지나 붉음과 갈색을 거쳐 흐린 백색에 이르는 긴 세월을 견뎌 왔다. 생명의 물이 마르고 빈속에 겉까지 뻣뻣해도 땅으로 눕지 않는다. 동료이며 경쟁자인 옆자리 친구보다 앞서 누울 순 없다. 남들은 눈치와 자존심이라 하지만, 삶이 빠져나가고 남겨진 적은 힘으로 버티고 서 있는 게다.

갈대는 여러 해살이 풀이다. 여기저기 따로 살면 죽고 살기를 거듭하며 몇 배를 살겠지만 순천만 갈대들은 이곳에서 한 해를 수년처럼 산다. 바람도 많이 불고 새들도 실컷 보고 사람들도 질릴 만큼 맞고 보낸다. 그러니 어디서 여러 해 사는 풀과 나무들이 부럽지 않을 게다. 순천만 갈대들은 온갖 게들과 짱뚱어와 철새들에게 놀이터가 되어 준다. 발밑으론 펼쳐지는 세상이 있고 온몸으론 바람이 지나고 머리 위론 새들이 난다. 일 년 열두 달 순천만 갈대를 보러 관광객이 밀려드니 그들은 심심할 여절이 없으리라.

갈대밭 위로 해가 기운다. 지나는 이들은 갈대무리를 배경 삼아 사진을 찍는다. 바람이 흐르고 인파가 지나고 미지근하고 약한 햇살이 스친다. "끄르끄르" 소리치며 철새들은 날아오르고 방문객들이 종종걸음으로 돌아가면 갈대들만 남아 하루를 마무리하며 어둠 속에 밤을 보낸다.

자신들이 사라지고 텅 빈 갯벌이 될 순간이 다가오는 걸 갈대들은 모를 게다. 며칠 지나 2월이 오면 질겼던 그들의 한살이, 부질없이 버티던 물기 빠진 가벼운 몸통도 잘려 나가리라. 3월이 남들에겐 새 출발이요 희망의 달이라지만 갈대밭엔 고요와 휴식만이 깃든다. 겨울 끝에 봄이 묻어 있고 깊은 밤이 새벽으로 이어진다. 순천의 갈대밭도 4월과 함께 휴식이 출발로, 고요는 수런거림으로 바뀌어 새 생명의 잔치가 벌어진다.

떠나는 순간까지 하늘은 맑고 싸늘했다. 갈대들은 변함없이 가볍게 몸을 흔들며 부드러운 목례로 사람들을 배웅한다. 벌써 다음 행선지에 마음이 가 있는 이들은 움츠린 자세로 뒤도 돌아보지 않고 서둘러 떠난다. 갈대들도 이미 여러 번 겪은 일인 양 자기들끼리 몸부비며 수런댄다. 물위를 지키던 철새들이 무엇엔가 놀란 듯 하늘로 차오르며 여러 가지 모양을 만든다.

순천만 갈대들은 자부심이 있다. 서로 하늘 향해 키 재기하며 자라나고, 힘겨워도 땅에 먼저 눕지 않는다. 봄부터 겨울까지 한 세월 다 살고도 젊은 날 시원히 비 내리고 따사로운 햇빛 쏟아지던 시절을 그리워하지 않는다. 그저 담담히 오늘을 살아갈 뿐이다. 어쭙잖은 비바람에 꺾이지 않고 사람들의 환호와 감탄에 흔들리지 않는다. 비바람 햇빛에 영근 씨앗들을 주변에 퍼뜨리고 묵묵히 세월을 건디며 그들에게 기대는 이웃들과 함께 살 뿐이다.

담양의 대나무, 보성의 녹차나무처럼 한곳에 동료들과 함께 살아가는 게 순천만 갈대의 커다란 자부심이다. 나는 오늘 순천만 갈대들을 보고 왔다.

구름둥지

'구름으로 된 새들의 둥지'를 보러 간다. 큰 길이 끝나고 차 두 대가 겨우 비켜 갈 만한 길을 조금 따라가니 일(一) 자로 펼쳐진 긴 행랑채가 눈에 들어온다. 하늘 향해 솟은 나무 위 둥지를 늘어 눕혀 놓았을까. 구름이 무심히 산봉우리 돌아 나오고 날기에 지친 새들은 쉴 곳을 아네. 공중곡예를 하는 이들을 위한 발아래 그물, 산을 오르는 이들의 목마름을 배려하는 약수터처럼 그곳에 운조루(雲鳥樓)가 있었다.

솟을 대문 지나니 저만치에 당당한 사랑채가 있다. 집 떠나 먼 길 가는 선비는 긴장과 불안으로 하인들을 불렀을 게다. 또 주인은 넉넉한 마음으로 먹이고 재우고 함께 한 잔 술 기울였으리니 어찌 피곤한 과객에게 구름둥지 아니었으랴. 사랑채 끝 봉당에는 '타인능해(他人能解)'라 쓰인 두 가마 반들이 쌀뒤주가 놓여 있다. 마을 주민 가운데 어려워 끼니를 잇지 못할 형편이면 남의 눈에 안 띄게 접근해 뒤주 마개를 열고 두 되쯤 받아 갈 수 있었단다. 그때에는 어려운 이들이 쉽게 쌀을 가져갈 수 있도록 봉당이 아닌 곳에 있었다고 한다. 내 삶이 바닥에 닿았을 때, 잠시나마 기댈 곳이 있다는 게, 힘겨운 이들에게 얼마나 큰 위로였을까. 운조루의 주인 유이주(柳爾胄) 가문은 동학난과 일제치하, 여순반란과 한국동란을 거치며 많은 사대부가문이 겪었던 모진 풍파를 피했다고 한다. 오랫동안 은혜를 입은 이들이 그 고마움을 잊지 못한 것이리라.

경상도에서 삼백여 년 부를 이어 온 가문의 가훈 중 하나가 "사방 백리 안에 굶어 죽는 사람이 없게 하라."였다고 한다. 이들과 운조루 사람들은 부자면서 지역의 어른이 되기에 부족함이 없었다. 이 시대의 많은 젊은이들이 직장을 얻지 못해 어려워하고 미래를 불안해한다. 힘겨워하는 이들의 고통을 적게나마 함께 나누어 질 이들이 쉽게 눈에 띄지 않는다. 춥고 배고픈 삶의 바닥에서 잠시 기댈 구름둥지를 찾기 어렵다. 땅을 기반으로 한 마을에서 살아가던 이들은 모두가 커다란 한 가족이었다. 많이는 혈족이기도 했고 그렇지 않아도 함께 사는 게 서로에게 도움이 되었었다. 마을 사람들은 서로의 가정 형편을 웬만큼은 알고 있어서 어려운 집 굴뚝에 밥 짓는 연기가 제때 오르는가를 살필 수 있었다. 어느 집이 끼니를 잇지 못하는 듯싶으면 동병상련이라고 형편이 조금 나은 동료가 챙기거나 마음이 넉넉한 부자가 있다면 사정을 알려 도왔다.

어려운 사람은 운조루의 쌀뒤주같이 고마운 곳에서 "마당 쓸기"라는 풍습에 기댈 수도 있었다. 날이 밝기 전 형편이 넉넉한 양반집을 찾아가 마당을 깨끗이 쓸면, 사정이 다급하니 도와달라는 요청이었다. 여유로운 주인은 다급한 이의 자존심을 살려 주면서 마당 쓴 값으로 푼푼하게 양식을 주곤 했던 게다. 어느 소설에서 본 듯하다. 끼니를 잇지 못하는 마을 주민이 양반집 곳간에 들어가 쌀을 훔치다 현장에서 발각되었다. 바깥주인은 죽고 안주인이 집안의 대소사를 처리했는데 그 여인은 모든 이들을 내보내고 그 사람과 마주 섰다. 목소리를 부드럽게 하고 지고갈 수 있을 만큼 쌀을 가져가게 하고는 그 일을 재론하지 않았다고 한다. 은혜를 입은 이는 평생 잊지 못하고 그 안주인께 충성했음은 물론이다.

운조루를 뒤로하고 돌아오는 길에 펼침막 두어 장을 보았다. 서기관 승진을 축하하는 것과 지역 기관장으로 취임하는 이를 경축하는 내용이다. 그걸 내건 이들은 지역 주민 일동이었다. 대도시 사람들이 보면 그리 자랑스레 내걸 일이 아니라고 생각할 수도 있다. 내가 뜻깊게 생각하는 건 삶의 감정이 출렁일 때 함께할 이들이 있다는 게다. 자랑스러워 축하받고 싶을 때 그걸 알아주고 같이 기뻐하고, 슬프고 힘겨울 때 함께 아파해 줄 이들이 곁에 있다는 게 얼마나 커다란 복인가. 위기의 순간에 아무도 주변에 없고 기댈 곳이 전혀 없으면 절망할 수밖에 없다. 그때가 지친 새에게 구름 둥지가 필요한 순간이다. 경제적 도움이 아니라도 이야기를 들어 주고 응원해 주고 함께 감정을 나누는 것만으로도 큰 힘이 되고 따스한 구름둥지가 될 게다.

상류층 사람들은 하는 일이 잘못되어도 다시 일어날 기회가 있고 위험을 분담할 이들이 있다. 학교 동창들과 직업과 취미로 연결

된 이들, 친인척이 그들에게 힘이 될 수 있다. 정작 이런 이들의 도움이 필요한 건 하층부를 이루는 어려운 사람들인데 이들을 돕고 응원해 줄 이들이 적다. 충격을 완화하고 흡수할 장치가 없으니 한번 실패하면 다시 일어서기 어렵다. 외로운 삶은 그대로 위기에 노출되어 커다란 좌절을 겪는다. 삶의 바닥에서 만나는 매서운 추위는 홀로 감당하기에 너무 버겁다. 이때는 누군가 손만 잡아 주어도 가슴이 훈훈해지고 힘이 날 텐데….

옛적에 누군가 "태어남은 조각구름 하나 일어남이요, 죽음은 그 구름이 사라짐이라." 했다. 삶이 하나의 조각구름이라면 같은 시대와 장소를 살아가는 이들과 함께 모여서 따사로운 햇살을 받는 뭉게구름을 이루자. 머지않아 사라질 구름이라면 잠깐이라도 서로에게 의지가 되고 지친 새들이 쉬어 가는 구름둥지가 될 일이다. 누군들 눈비 오고 바람 부는 이 땅에 긴 세월 살면서 지치는 순간이 오지 않으랴. 모진 바람 불고 지친 날개 힘겨울 때에 한순간 쉬어 갈 구름둥지를 만나면 어찌 반갑고 기쁘지 않으랴. 붉은 석양에 눈을 들어 둥지 모양 구름들이 한결 따사롭게 빛나는 또 다른 운조루를 본다.

바다와 함께한 하루

여행도 자주 다녀야 감흥을 느낄 수 있나 보다. 신선들이 노닐었다는 선유도(仙遊島)를 보면서 애매한 마음을 지울 수 없다. 감탄이 나와야 하는데 덤덤하다. 여러 번 보아야 좋은 걸 알지, 처음 본 선유도는 그냥 바다 위에 떠 있는 섬이다. 여러 섬들이 다리로 연결이 되어 관광이 편리해졌단다. 차라리 떨어져 있어 배를 타고 보았으면 더 절경이었을까?

사전지식 없이 돌아보니 꼭 보아야 할 걸 못 본다. 하긴 꼭 보아야 할 게 뭐가 있나. 안내하는 대로 보면서 눈과 마음이 즐거우면 더 바랄 게 무언가. 선유도 산책길을 거닌다. 좀처럼 못 보던 바다를 맘껏 볼 수 있으니 후련하다. 바다를 낀 산책로를 따라 군데군데 찔레꽃이 피어 있다. 어릴 적 내 집을 둘러 학교 가는 길에 피어 있던 그 모습과 향기가 떠오른다. 작은 배를 타고 섬들 사이를 지나는 이들이 바닷바람에 신이 나는지 두 손을 크게 흔든다. 아무 생각 없이 나도 손을 흔든다. 모처럼의 휴일에 작은 섬이 차들로 몸살을 앓는다.

장자교(壯子橋)를 걸어서 건넌다. 꽤 긴 거리지만 편안하다. 타박타박 걸으며 도란도란 이야기하고 여기저기 기웃거리던 여행이, 과정을 생략하고 눈으로만 여러 곳을 보는 걸로 변한 것 같다. 편리와 효율을 위해 마련한 시설들이 여행의 즐거움을 앗아 가는 건 아닐까? 눈 닿는 곳에 끝없이 펼쳐진 바다를 보면서 손 한번 담그지 않고 고군산군도(古群山群島)를 떠난다.

차는 어딘지 모르는 길을 달려간다. 길안내 내비의 도움을 받으며 달리는 차에서 창문을 통해 보는 풍경이 별다르지 않다. 좌우를 둘러봐도 물뿐이다. 둑이 얼마나 긴지 수십 분을 달려간다. 새만금 방조제(防潮堤), 중간에 차를 멈추고 둘러보니 여느 강가처럼 평범하다. 몇몇 사람들이 낚싯대를 드리우고 세월을 낚고 있다. 둑을 사이에 두고 물높이가 다르다. 수수만년 그들만의 이치를 따라 강을 이루고 낮은 곳 찾아 아래로 흘러 바다로 가고, 바다와 만나는 지점에서 서로 섞이던 것을 갈라놓았다. 이 땅의 지도를 바꾼 대역사, 인간의 위대함을 본다. 그 넓어진 땅에 무엇을 하려나. 어느 곳에나 인간이 하는 일에는 빛과 그림자가 있는 법, 정말 잘한 건지 모르겠다.

인간이라는 게 감격스럽다가 때론 부끄러워진다. 지구의 역사 이래로 인간 같은 유능한 파괴자가 있었는가. 잘해 보려 한 것들이 세월이 흐르면 커다란 재앙으로 돌아온 일들이 얼마나 많은가. 열심히 길을 닦았지만 그 길들로 인해 자연은 망가지지 않았을까. 차가 다니는 도로는 자연 생태계를 변화시킨다.

부지런히 달리는 차는 우리를 채석강에 내려놓는다. 이상도 하지, 자연의 신비랄까. 어쩌면 해변이 이리도 기이할까. 마치 책을 포개

어 쌓아 놓은 듯하다. 속을 드러낸 절벽은 더욱 놀랍다. 기이한 경관
만큼이나 이곳의 이름이 묘하다. 채석강(採石江)이라니, 누가 여기
서 돌을 캔단 말인가. 더구나 강(江)이란 말은 얼마나 많은 이들을
당황케 하는가. 중국의 시성(詩聖) 태백이 술을 마시고 달을 건지려
다 빠져죽은 아름다운 곳이 채석강이며 그곳처럼 경관이 빼어나다
해서 채석강이란다. 더할 수 없는 사대(事大)의 냄새가 물씬 풍기는
이름이다. 지형의 모양을 본떠 책석가(冊石㴿)라 부르면 더 좋을 듯
하다. '책 모양의 돌로 이루어진 물가.' 더없이 그럴듯하지 않은가.

한없이 긴 세월이 보인다. 오랜 시간이 쌓여 돌의 켜를 이루고, 그
러한 기간들이 유구히 흐르기를 거듭해 숱한 층을 보여 주고 있다.
장구한 세월의 흔적을 보면서도, 백여 년을 살다 떠나야 하는 인간
들이다. 유한한 시간을 사는 이들이 거의 무한한 세월을 견딘 터를
찾아온 셈이다. 조용히 자신들을 돌아보고 짧은 인생을 아쉬워하면
서 마음을 가다듬으면 좋을 것을, 여기저기 뛰어다니며 끼리끼리 사
진 찍기에 분주하다.

고군산군도에서 새만금방조제를 거쳐 채석강에 이르도록 바다를
실컷 보는 날이다. 구름이 해를 가려 그리 뜨겁지 않고, 하늘빛을 바
다가 되비추니 하늘도 바다 같고 바다도 하늘 같다. 돌아가자. 정해
진 삶의 궤도에서 벗어나 하루를 살았으니 몸과 마음에 새 기운이
돈다. 힘겹던 숨결에 여유가 생겼으니 한동안 힘을 내서 살아갈 수
있을 게다.

지칠 줄 모르는 현대판 천리마는 밝은 눈을 크게 뜨고 가르릉거리며 어둠속을 달려 익숙한 도시 속에 날 부려놓는다. 열두 시간여, 일상의 내 영역을 벗어났다 돌아오니, 안도감과 함께 편안함이 밀려온다. 기억 속에 담아온 바다 풍경이 여전이 눈앞에 어른거린다. 오랫동안 바다를 바라본 하루였다. 그러고 보니 이상하다. 하루의 기억 속에 왜 바다 내음이 없을까. 바다를 제대로 모르니 넉넉히 즐기지 못했나 보다.

　자리에 누워 하루를 생각하니 머릿속에 푸른 바다가 넘실거린다.

VIII —— 모처럼 본 바깥세상

내 눈을 뜨게 한 변화들

친숙한 이들과 어울리는 것이 편하다. 잔치에 가 보아도 모처럼 만나는 이들과 어울리지 않고, 자주 만나는 이들끼리 앉는 것을 본다. 하는 일이나 나이가 비슷한 이들과 지내다 보니 시대가 달라지고 있다는 것을 느끼기 어렵다. 내 자신이 세상에 뒤지고 있다는 것을 인정하기가 쉽지 않다. 며칠간 자녀들과 여행을 하다 보니 문화가 달라지고 나는 그만큼 뒤쳐져 있다는 것을 실감할 수 있었다. 시대를 따라 산다는 것이 얼마나 만만치 않은 일인가를 느꼈다.

문화변천의 바탕에는 인터넷과 스마트폰이 있었다. 그들은 현대의 정보유통과 그 처리를 근본적으로 바꾸어 놓았다. 정보의 제공이 전에는 전문가들의 몫이었다면 이제는 희망하는 이들은 누구나 할 수 있는 모두의 것이 되었다. 그 정보를 이용하여 필요를 해결하는 일도 몇몇 관계자에서 원하는 모든 이들로 확산되고 그만큼 단순화되고 쉬워졌다. 물론 인터넷과 스마트폰을 기반으로 살아가는 이들에 한해서인데 그 수가 급격히 늘고 보편화되니 다수가 그 흐름에 함께하고 있다.

여행을 출발하기에 앞서 항공편과 숙박을 모두 예매 혹은 계약을 마친 상태였다. 여행사나 전문가가 아닌 개인이 그 일을 할 수 있다는 것이 내게는 쉽게 이해되지 않았다. 한국 그것도 청주에서, 파리에서 바르셀로나, 바르셀로나에서 로마로 가는 비행기표를 예매하는 식이었다. 예전에는 개인들은 일단 그곳에 도착하여 숙박시설을 알아보았을 것 같은데 이제는 거리와 관계없이 공적인 숙박시설이라 할 수 없는 것도 인터넷 정보를 기반으로 계약을 맺고 사용하는 단계에 진입해 있었다.

우리가 이용한 그런 시스템을 "에어 비엔비(Air B&B)"라고 하는 것 같았다. 에어는 해외여행을 의미하는 듯하고 비엔비는, 베드 엔드 브랙퍼스트(Bed and Breakfast)로 잠자는 것과 아침식사를 해결할 수 있는 형태라고 이해할 수 있을 것이다. 서로 정한 일시(日時)에 만나 필요한 사항을 확인하고 열쇠를 받아 약속한 기간 동안 사용하고 미리 정한 곳에 열쇠를 두고 떠나는 제도였다. 사용하는 동안은 내 집처럼 편하게 사용할 수 있다. 사용하면서 느낀 점들을 사후에 평가한다고 한다. 그 평가가 여행객들이 그 시설을 선택하는 중요 자료가 될 것이다. 시설의 소유주도 사용한 이들을 평가해 다른 시설 소유주들이 여행객 계약 여부에 참고로 한다고 한다. 서로가 최선의 유익을 얻자는 합리적인 태도임을 확인할 수 있었다.

현지에서 많은 정보를 활용하는 문화도 내게 각성과 충격을 주었다. 지하철과 버스 노선을 안내하고 승강장을 알려 줄 뿐 아니라 숙소까지 정확한 지도로 알려 주는 특정 프로그램들이 있었다. 손안의 스마트폰에 탑재된 최적의 정보들이 번거로움과 시행착오를 줄여주고 여행을 즐겁고 쉽게 할 수 있도록 도와주었다. 많은 한국인들이 유명한 곳을 여행하면서 남긴 후기(後記)도 여러 분야의 선택과 문제 해결에 큰 도움이 되었다.

처음부터 끝까지 여행의 전 과정이 아니라, 반나절 또는 하루 동안 현지의 주요 관광지를 안내자와 함께하는 프로그램들도 새로웠다. 현지에서 인터넷에 홍보되고 있는 것 중에 여행자들이 선택해 정해진 시간과 장소에 모여 약속된 여정을 함께하면서 안내를 받을 수 있었다. 참여자들은 오디오기기를 나눠 받아 이어폰으로 설명을 들었는데 안내자가 얼마나 열정적인지 버스로 이동하는 중에도 쉬지 않고 유용하다고 생각하는 이야기들을 들려주었다. 개인 여행자들도 안내자를 동반한 것과 같은 효과를 낼 수 있는 틈새시장으로 많은 이들이 이용하는 상품처럼 보였다.

미술관이나 박물관 혹은 유명 관람지에는 오디오 또는 영상 안내기기들이 있고 한국어를 지원하는 경우도 적지 않았다. 이곳저곳을 때로 몰려다니며 "애앵" 혹은 "삐익" 하는 확성기로 설명하는 시대는 지나가고 없었다. 어느 곳을 가든지 한국인들을 만날 듯한 기대감을 줄 만큼 한국인들이 세계를 돌고 있었다. 그들 덕택에 한국어로 된 인사말도 여러 곳에서 보고 들을 수 있었다. 한국과 한국인들, 세계가 함께 변화의 강물을 타고 흘러가고 있었다.

늘 대하는 이들과 편하게 지내는 것에서는 달라지는 세상을 만나기 어렵고 이렇다 할 자극을 받기 어렵다. 여행은 어쩔 수 없이 여러 종류의 사람들을 만나게 한다. 나와 다른 사람들, 국적마저 다른 이들을 내 주된 활동무대가 아닌 낯선 곳에서 보고 대하면서 일시에 집중적인 자극을 받을 수 있는 것이 여행의 커다란 매력이다.

내 일상의 삶과 일을 벗어나 여러 가지 고정관념을 단기간에 깨뜨리고 삶에 강한 충격을 준 십여 일의 여정이었다. 시대의 변화에 민감하지 못해 변화하는 문화를 인식조차 못하고 있었다. 그렇게 뒤처진 것은 아니라고, 언제든지 마음만 먹으면 쫓아갈 수 있다는 생각이 착각임을 확인할 수 있었다. 가능하면 세대를 넘나들며 다양한 연령대의 사람들을 대해야 시대의 변화와 흐름을 읽을 수 있겠다. 시대에 뒤지지 않고 흐름을 따라 산다는 것이 결코 쉬운 일이 아니라는 걸 알게 되고, 감았던 눈을 뜨게 해 준 의미 있는 변화들이요 여행이었다.

파리에서 보낸 사흘

    내 생에 처음으로 나가 본 외국여행에서 사흘을 파리에 머물렀다. 그곳에 다시 가 볼 기회가 있으려나. 해외에 나갈 기회야 생길 수 있겠지만 파리를 다시 가기는 쉽지 않을 게다. 미술이나 패션과 무관하게 살지만 워낙 유명한 곳이어서 전혀 호기심이 없는 것은 아니었다. 누구나 알 만하고 들어 봤을 몇 군데를 둘러보았다. 내가 받은 파리의 느낌은 주민들은 문화적 자부심을 가지고 내적인 탐구에 몰두하는 듯하고 도시가 오래된 탓인지 길이 좁고 서점이 꽤 많은 것 같았다.

    센강에서 한 블록 떨어져 있고 오르세 미술관과 노트르담 성당이 가까운 곳에 숙소가 있었다. 식료품 가게를 찾아가 고추장을 사려 했더니 없었다. 쌀도 마땅치 않아 차라리 한인마트를 찾아 들어서니 숨통이 트였다. 필요한 대부분의 것을 구할 수 있었다. 집으로 돌아와 문을 열려 했더니 열리지 않아 당황하며 긴 시간을 기다렸다. 알고 보니 열쇠를 강하게 돌려야 했다. 주인이 야속했다. 우리와 비슷한 일들을 당한 이들로부터 여러 차례 불만을 들었을 텐데 알려 주지 않다니….

집에서처럼 익숙한 식단으로 저녁을 먹었다. 여행을 가서까지 한 식을 먹는 걸 이해할 수 없다는 이야기를 듣기도 하고 나도 그렇게 생각했었다. 하지만 꼭 그런 것은 아니었다. 현지 음식이 익숙하지 않기도 하고 뭔가 아쉽고 허전한 데다 힘도 나지 않는 것 같았다. 식당에서 뭔가 부자연스럽고 신경이 쓰인다. 평소대로 우리 음식을 먹고 나니 속이 든든하고 힘이 난다. 한국 시간이 자주 떠오르고 생체 리듬이 빗나간다. 다른 숙소보다 집이 좁아 조금은 답답하다.

오르세 미술관까지 걸어서 갔다. 기차역을 미술관으로 변모시켰 단다. 조각과 그림 가구들을 모아 놓았다. 너무 많으니 대충 보게 된 다. 알려진 밀레 그림을 유심히 보았다. 인상파와 후기인상파 화가 들의 작품이 다수 전시되어 있다. 그림에 문외한이지만 특정 작가의 작품이 굉장히 많다. 작품 수로 기울인 노력을 평가할 순 없지만 대 단하다. 오후에는 노트르담 성당을 보았다. 나로서는 큰 특징을 찾을 수 없었다. 아는 만큼 보이는 것이니 어쩔 수 없다. 돌아와 집 주 변 기념품 가게를 둘러보아도 딱히 마음에 드는 게 없다. 나나 아내나 나이도 많지 않은데 저녁에는 쉬고 싶어 집에만 머문다. 아이들은 밤에도 나름의 일정을 보내는 듯하다. 가족이니 서로 눈치 보지 않고 이해할 수 있어 편하다. 밤이 늦었지만 루브르 박물관에 대한 기록물이 있다고 같이 보잔다. 몇 가지 흥미로운 것을 소개해 준다.

에펠탑을 그다음 역에서 내려 바라본다. 바로 앞에서 보면 까마득히 올려보아야 해서 별다른 감흥이 없단다. 적당한 거리가 있어야 전체를 볼 수 있고 사진을 찍어도 에펠탑과 균형이 맞는다. 어디에나 적당한 거리가 필요한가 보다. 때에 따라 그 거리가 가까워지고 멀어지겠지만 그 거리를 유지하지 않으면 좋은 관계를 지속하기 어렵다. 밀랍으로 붙인 날개를 가지고 하늘을 날아 탈출하던 이카루스가 태양과의 적당한 거리를 유지하지 못해 추락하듯 어느 관계나 거리두기가 중요하다.

루브르 박물관이다. 어디가나 소지품 검사가 이어진다. 편하게 보고 입구에서 만나자 약속하고 헤어졌다. 관람 안내를 위한 이동선이 없다. 발길 가는 대로 걸었더니 밖이다. 짐 검사를 다시하고 재입장을 했다. 관람객에 대한 배려가 부족한 듯하다. 다수의 방에 전시물이 엄청나니 차례대로 보기 어렵다. 벽과 진열대뿐 아니라 천장에도 많은 그림들이 있다. 루브르의 3대 소장품이라고 하는 레오나르도 다빈치의 〈모나리자〉와 밀로의 〈비너스〉, 사모트라케의 〈니케상〉 앞에 사람들이 몰려 있다. 친숙하고 유명한 것에 더욱 끌리나 보다.

수많은 유명 작품들을 한곳에 모아 놓으니 짧은 일정에 보기가 힘겹다. 그 대단한 것들을 건성건성 대하는 것이 예의가 아닌 것 같고 민망하다. 3대 소장품 중 어느 것도 프랑스 작품이 아닌데 왜 여기서 전시를 할까. 가끔씩 쉬며 보아도 다리가 아프다. 폐관시간이 다가오니 여기저기서 사람들이 쏟아져 나온다. 전 세계 사람들을 이렇게 한곳에 모으기도 어려울 게다. 작품들이 모이니 사람들도 모인다. 폐관 후에도 기념품 가게가 영업을 하는 게 신기하다. 가게에 인파가 적지 않다. 자본주의의 속성이 여기서도 보인다. 오르세 미술관의 조각과 그림들, 그리고 루브르의 작품들이 한데 엉겨서 나를 혼란스럽게 한다. 굳이 그것을 분류할 필요를 느끼지 않고 분류할 능력도 없다.

아이들은 센강 유람선을 타지 못한 것이 못내 아쉽다 한다. 기념품들을 파는 좌판들과 연이어 있는 비슷한 건물들 사이를 유유히 흐르는 센강이 오랫동안 기억에 남을 것 같다. 파리의 일부분을 보았지만 좁고 답답해 보인다. 좁은 길과 손 하나 들어가지 않을 만큼 붙여 지은 건물들이 여유를 느낄 수 없게 한다. 바르비종 지역에서 전원 풍경을 대하며 그림을 그렸다는 이들이 그립다. 내 생애에 다시 보기 어려울 파리를 주마간산처럼 그것도 몇 곳만 보았다. 그것만 해도 의미 있는 파리에서의 사흘이다.

부끄럽다 콜로세움이여

지하철역에서 나오니 홀연 거대한 건축물이 앞을 가로막고 서 있다. 콜로세움이다. 교과서에서 사진으로 보는 것과는 압도감이 크게 달랐다. 곧잘 세계 7대 불가사의 가운데 하나로 꼽힌다. 휴관일이 아니면 언제나 길게 줄을 선다는 관람객들. 2000여 년 전에 이런 건물을 지었다는 것이 놀랍다. 입구에서 바라보는 기둥 하나하나가 사람들을 위축시키기에 넉넉하다.

평민 출신 황제 베스파시아누스가 황제의 소유였던 것을 평민들에게 돌려주는 의미로 인공호수가 있던 자리에 거대한 원형경기장을 만들도록 지시한 것이라 한다. 서기 72년경 건축이 시작되어 80년쯤에 완성이 되었다. 베스파시아누스의 아들 티투스 장군이 예루살렘을 함락시키고 10만 명을 노예로 잡아 왔는데 그중 4만 명이 이 건축에 동원되었다고 한다. 높이 50여 미터의 4층 건물, 45,000여 좌석과 5,000여 입석 가득 차면 80,000명까지 입장할 수 있다는 초대형 구조물. 이 초대형 경기장의 완공을 위해 얼마나 많은 이들이 눈물과 피를 쏟고 부상을 당하고 생명을 잃었을까. 동원된 많은 이들이 권력도 없고 기댈 곳도 없는 이들이었을 테니, 그 희망 없는 이들을 다루는 방법이 폭력 외에 무엇이 있었을까?

멀쩡한 이들을 노예로 삼는 전쟁도, 끔찍하고 폭력적인 것은 결코 덜하지 않다. 힘이 곧 정의였을 그 세계를 상상하기 어렵지 않다. 전쟁에 져 포로가 되고 노예가 되었던 이들도 한 가정의 아버지요, 어머니요, 형제자매였을 것인데 그들의 의지와 무관한 전쟁의 패배로 삶 전체가 흔들리고 무너져 내린 것이다. 콜로세움에서 멀지 않은 곳에 개선문이 서 있고 그곳에 예루살렘에서 전리품을 약탈해오는 것을 묘사한 광경이 있다. 유대인들이 왕관보다 더 소중히 여기는 성전의 촛대를 빼앗아 오는 장면이다.

콜로세움은 좌석배치부터 철저히 신분 중심이다. 행해진 일들은 얼마나 참혹한가. 죄수들을 공개적으로 처형하고 기독교인들을 맹수들의 밥으로 던져 주고 노예와 죄수들을 훈련시켜 검투를 시키고 그것들을 보고 즐겼다. 아레나라고 불리던 그 경기장에서 얼마나 많은 이들이 생명을 잃었을까? 죽어 가는 그들을 보며 쾌감을 느끼고, 어느 순간 자신이 그 희생물이 될 수도 있다는 사실에 커다란 두려움을 느끼기도 했을 것이다. 집단적인 쾌감과 공포. 통치자들이 콜로세움을 통해 얻으려는 것이었을 게다.

콜로세움의 바닥이 평평하지 않다. 바닥 아래에, 지하에 많은 방들이 줄을 맞춰 지어져 있다. 그곳에 죄수들과 검투사 맹수들, 그리고 여러 기구와 장비들이 있었다고 한다. 그 지하의 좁은 방에서 언제 닥칠지 모르는 자신들의 최후를 기다리다 끔찍하게 생애를 마감하는 그들의 마음을 어떻게 형용할 수 있으랴. 하루하루를 고통 속에 살면서, 경기장에서 들려오는 비명이 자신의 처지와 다르지 않다는 절망과 고통을 어떻게 견딜 수 있었을까? 놀랍게도 경기장에서 해전(海戰)도 전개되었다고 한다. 구경하는 이들이야 흥미로웠겠지만 참전해 승패를 가리는 이들은 더 없이 고통스러웠으리라. 적지 않은 이들이 해전 가운데 생명을 잃기도 했다. 기독교인들에 대한 박해는 기독교가 국교로 공인된 후, 검투경기는 400년경 황제의 지시로 중단이 되었다고 한다.

아무리 폭력과 광기에 중독되었다고 해도 공공연히 많은 이들이 보는 앞에서 사람이 사람의 생명을 빼앗는, 나아가 사람을 맹수의 먹이로 던져 주는 일이 어떻게 행해질 수 있었을까? 집단적 최면이라 해도 그들에게 이성 아니 인성이 조금이라도 있었을까. 그러한 일을 자행하던 로마인들을 선진 시민들이라 부를 수 있을까. 내가 당시에 살았다면 무엇을 할 수 있었을까. 아마 희생을 당했거나 그 장면을 바라보고 쾌락과 공포를 느끼던 무리 중 하나였을 게다.

오늘을 사는 인간으로 콜로세움을 어떻게 보아야 할 것인가. 경이로움과 인간의 위대함을 언급할 것이 아니라 지난날 집단적 폭력과 광기를 돌아보고 같은 인간으로 최소한의 부끄러움을 느껴야 할 것이다. 로마에 가서 그 굉장한 세계의 불가사의라고 하는, 콜로세움을 보았다는 자랑스러움보다는 그곳에 얽혀 있었을 이들의 처지를 회상해 보고 다시는 그런 비극의 역사를 되풀이하지 말자는 다짐을 해야 할 게다.

현대인들은 그들보다 나을까? 수억 년을 이어 온 지구의 환경을 최근 100여 년 동안 회복하기 어려울 만큼 파괴한 것이 우리가 아니라고 변명할 수 없는 처지다. 현대인들이 저들보다 현명하다고 말할 수 있을까? 그렇다면 현실을 제대로 인식하지 못하고 있는 것이다. 콜로세움은 지진의 피해와 중세 교회를 지을 때 무분별하게 그 돌들을 약탈해 사용함으로 원형을 잃고 흉한 모습을 한 채 오늘도 사람들을 맞이하고 있다.

허물어진 모습으로 우리에게 경고하고 있다고 생각하면 어떨까? 상처를 가리지 못하고 과거의 역사를 부끄러워한다고 느끼면 견강부회가 되려나. 콜로세움을 보고 나오는 순간만이라도 인간의 잔인함과 폭력성에 고개를 숙이고 한숨을 토할 수는 없을까? 콜로세움의 힘겨운 신음 소리가 아직도 들리는 듯하다.

조심, 조심 또 조심

　유럽에서 소매치기를 조심해야 할 도시 열 곳을 보니 그중에 바르셀로나가 1위, 로마가 2위 그리고 파리가 5위다. 관광객이 많은 도시와 순위가 비슷할 것 같다. 관광객들은 웬만한 것을 분실해도 정해진 일정이 있어 적극적이고 지속적으로 잃어버린 것을 찾기 어렵다. 게다가 뚜렷한 일자리가 없는 이들에게 이만큼 매력적인 유혹도 드물 것이다. 각 도시들도 행정력을 쏟아붓고 싶어도 민원이 많이 밀리는 곳을 우선하다 보면 조금은 소홀히 다루어질 듯하다.

　여행을 떠나기 전에 염려되는 것들 중에 하나가 소매치기였다. 빈번하다고는 하고 내 눈앞에서 벌어지면 가만있을 수 없으니 무슨 운동이나 호신술이라도 익혀 두어야 하나? 민첩한 행동을 위해 운동화라도 신어 볼까? 여러 생각을 했었다. 조심하는 것 이상의 대책이 없을 것 같았다.

　바르셀로나에서는 아내가 표적이 되었나 보다. 바다를 보고 싶어 지하철을 타고 갔는데, 가방이 열리고 핸드폰이 바닥에 떨어져 있더란다. 그 소매치기는 얼마나 어이가 없었을까? 가방에는 돈 될 만한 것이 아무것도 없고 전화기도 그냥 전화기일 뿐이었다. 어쩌면 소매치기가 불쌍히 여기고 뭔가 넣어 주고 싶었을 게다. 하지만 우리 가족은 말로만 듣던 일을 겪어 본 셈이라 긴장할 수밖에 없었다. 순식간에 일어나는 일이니 쉬운 일이 아니다.

로마에서의 숙소는 테르미니에 있었는데, 그곳까지 오는 어디에선가 이번에는 둘째가 그들의 눈에 띈 것 같다. 여권을 예쁜 지갑에 넣었는데 지갑째 분실했다. 그 사람도 황당하기는 매한가지였으리라. 현금을 노리고 지갑에 손을 댔을 텐데, 여권만 덜렁 있으니 아마 그것을 어딘가에 던져 버리지 않았을까? 숙소를 빌려주는 주인이 우리 여권을 사진 찍어 만약의 사고를 방지하려 한 모양인데 그 덕에 분실 사실을 알아차릴 수 있었다. 해외여행에서 가장 큰 문제가 여권 분실이라는 걸 더러 들은 적이 있다. 그 사고가 우리에게 일어난 게다. 당황스러움을 드러내지는 않았지만 간단한 일이 아니라는 생각이 밀려왔다. 최첨단을 사는 아이들은 인터넷을 검색해 필요한 조치를 신속히 취해 세 시간이 채 못 되어 일회용 여권을 발급받아 왔다. 금전적 손해는 없었어도 자칫했으면 여행 일정에 차질을 빚을 뻔했다.

다른 이들은 눈치를 채지 못했겠지만 나는 나름 긴장을 늦추지 않고 가족들과 주변을 살피며 여행을 했다. 교차하고 겹치는 이들에게 마음을 쓰고 가족의 소지품이 어디에 놓이는지에 유의했다.

마지막 일은 파리에서 인천으로 오는 비행기를 타면서 일어났다. 아내의 여권을 내가 맡아 가지고 있곤 했는데 탑승확인 후에 내게 주었다고 한다. 그 여권 속에 탑승권이 들어 있었다는데 행방을 확인할 수 없었다. 다행히 모든 수속을 마친 후여서 돌아오는 데는 지장이 없었다. 다만 마일리지를 적립하는 데 문제가 생길 수 있다는 것 같았다. 그것이 다른 이들에게는 아무 유익이 될 수 없으니 내 부주의로 잃어버린 것이 분명하다.

다른 누군가에게 피해를 당하는 것도 어려움이지만 자신의 부주의로 손해를 입는 것도 문제다. 조심하기만 하면 충분히 예방할 수 있는데 쉽지만은 않다. 여행 끝에 긴장이 풀려 주의력이 약해졌던 것 같다.

소매치기를 조심해야 하는 10대 도시에 선정된 도시들도 적지 않은 우려가 될 게다. 행정과 치안을 집중한다면 개선의 여지가 있겠지만 그것도 그들이 살아가는 한 방법이라 여기는 게 아닌가 싶다.

하긴 인간들이 자연의 소매치기인 것 아닌가 생각되기도 한다. 벌들이 열심히 모아 놓은 꿀들을 어느 순간 날름 빼앗는다. 많은 채소와 열매들도 사람들이 먹으라고 힘들여 탄소동화작용을 하며 튼실하게 익히지는 않을 게다. 때로는 그 수확을 위해 인간의 노력이 더해지기도 하지만 전혀 노력을 하지 않고 결과물을 가로채는 경우가 얼마나 많은가. 자연계의 먹이 사슬은 먹고 먹히는 순환관계를 유지하고 있다. 크게 보면 서로 기여하는 것이지만 단면적으로는 약육강식의 법칙이 지배한다. 자연계에서 가장 무섭고 잔인한 소매치기가 우리들 인간일 수 있음을 기억하는 것은 어떨까.

경제적인 면뿐만 아니라 우리가 알지 못해 그렇지 많은 분야에서 뺏고 뺏기는 일들이 지속적으로 벌어지고 있을 것이다. 당연하고 공정하다고 여기는 일들을 파고 들어가면 전혀 그렇지 않을 수 있다. 마치 더없이 아름다워 보이는 잔디밭도 가까이 다가가 살펴보면 다른 풀들이 섞여 있고 여러 곤충들이 살아가는 치열한 현장일 수 있다. 우주에서 지구를 촬영한 사진을 보면 아름다운 초록별이다. 하지만 이 땅에서 이루어지는 일들은 때로 불공평하고 끔찍한 일들이 적지 않다. 이래저래 손해를 막는 가장 쉬운 방법은 스스로 조심, 조심 또 조심하는 걸게다.

요르단의 하늘

　파란 하늘에서 햇살이 쏟아지고 목화솜 같은 구름이 둥둥거리며 하늘을 수놓고 있다. 구름이 하늘에 떠간다고 하고 하늘에 구름이 끼었다고도 하지만 이런 하늘과 구름을 보기는 내 삶에 처음이다. 남한의 면적보다 조금 작고 인구는 육분의 일쯤 되는 나라라는데 차로 수십 분을 족히 달려도 여전히 일망무제(一望無際), 시야를 가로막는 게 없다.

　요르단, 처음 와 보는 땅이다. 한순간 하늘을 올려보다 구름에 눈이 닿으니 뗄 수가 없다. 걸리는 것 없이 시야가 탁 트여 하늘이 그렇게 높아 보일 수 없다. 한없이 높은 하늘에 야트막하게 구름이 모여 흘러간다. 하늘과 구름의 거리를 느끼기 어렵고 도화지 위 그림 같던 건물과 산으로 둘러싸인 늘 보던 풍경과 달리 제대로 거리감을 보여 준다.

　점점 구름이 늘어난다. 구름이 여럿 모이면 산 호수 토끼 코끼리가 된다. 적으면 적은 대로 정겹고 평화롭다. 없는 곳은 짙푸른 하늘로 커다란 수정 같다. 하늘을 배경으로 수놓는 구름 잔치. 누가 보든 말든 펼쳐 보이는 자연의 선물이다. 드넓은 하늘을 앞서거니 뒤서거니 둥 둥 둥 걷다가 또 다른 동료를 만나면 몸을 부딪고 때로는 함께 섞여 하나가 되어 아름다운 그림을 그린다.

평화로운 하늘 모습에 취하다 차량의 덜컹거림에 순간 시선이 땅으로 향한다. 푸르른 것 하나 없이 붉은 흙빛으로 넓게 퍼져있는 땅, 구름의 검은 그림자가 길게 드리운다. 가끔씩 보이는 가옥 몇 채로 이루어진 마을들. 이런 곳에 살면 땅 몇천 평이 대수롭지 않을 것 같다. 마을 사람들은 공동운명으로 묶여 살아가리라.

지나온 땅 예루살렘을 생각한다. 도시 이름은 "온전한 평화"지만 지구 제일의 화약고라고 자타가 인정하는 곳. 유대교, 가톨릭, 정교회, 이슬람, 개신교, 모두에게 성지인 곳이다. 한 공간이 몇 개의 구역으로 나뉘고 견고한 장벽과 울타리가 있어도 언제 오해와 다툼으로 피를 흘릴지 모르는 땅이다. 안내하는 이는 모두 나름대로 일리가 있어서 누가 옳고 그른 것을 따질 수 없다고 했다.

하늘과 구름, 그들이 이루는 자연은 저렇게 아름답고 평화로운데, 그 속에 살아가는 사람들은 왜 온전한 평화를 이루지 못할까? 서로 사랑하자는 종교를 내세워 불신과 다툼을 일으키고 뺏고 뺏기면서 반드시 자신들이 차지하겠다고 난리다. 통곡의 벽에서 통한의 눈물을 흘리며 그곳에 다시 자신들의 성전이 세워지고 제사가 행해지기를 염원하는 것을 어떻게 받아들여야 하는가? 주님을 묵상하며 경건하게 걸어야 할 곳들이 기념품과 먹을 것을 파는 가게들로 좌우가 메워지고 음식 냄새와 호객 소리로 소란스러우니 그분이 다시 오시면 이 땅에 계실 때 하신 "내 아버지의 집으로 장사하는 집을 만들지 말라."던 말씀을 노기(怒氣) 띤 음성으로 다시 외칠 것만 같다.

인간이 만물의 영장이라는 말이 우리만의 커다란 착각이 아닌가 하는 생각을 지울 수 없다. 인간처럼 자연계에 커다란 재해를 끼친 종(種)이 있을까. 우주의 역사에 마지막으로 나타나 온갖 행패를 부리며 전체를 망가뜨리려 하는 아주 못된 존재로 변해 가는 것은 아닌지 염려스럽다. 지구의 리듬과 흐름을 흔들고 개발과 성장을 내세우며 수만 년 이어 온 무수한 곳들을 파헤치고 있다. 우스갯소리처럼 인간만 없어지면 이 세상이 편안할 거라고 한다. 내게는 그 말이 농담으로만 들리지 않고 적지 않은 진실을 담고 있는 듯 여겨진다.

차는 멈추지 않고 달려 요르단의 주요한 탐방지(探訪地) 페트라로 향한다. 일 킬로미터가 넘는다는 웅장하고 기묘한 협곡과 그 자연에 기대어 이루어 낸 인간들의 더부살이가 어우러져 있다. 널리 알려진 영화 때문인지 찾는 이들이 많은데 수시로 협곡의 좁은 길을 내달리는 마차들이 거슬렸다. 관광객들의 작은 편안함과 이색적인 추억 그리고 현지인들의 돈벌이 욕망이 함께 만들어 낸 못된 풍경일 게다. 그 모습에서 수시로 위협적으로 달려드는 마차들이 지구를 위협하는 인간들처럼 느껴졌다.

여행은 일상에서 벗어나 색다른 공간에서 사색의 시간을 갖는 것 아닐까? 갈수록 많은 이들이 여행을 즐긴다. 그만큼 우리에게 각박한 경쟁의 장을 떠나 자신을 돌아볼 필요가 있다는 걸게다. 땅에서 눈을 떼어 하늘과 구름과 자연을 바라보며 그들이 우리에게 들려주는 이야기에 귀 기울이면 좋겠다.

많은 것들을 보았지만 요르단의 하늘과 흰 구름이 잊히지 않는다. 그들은 폭넓은 시야를 가지라 하고 어울려 평화를 이루라 한다. 내가 주님의 발자취와 흔적을 따르며 묵상하고자 했던 것과 그분이 그 땅에서 내게 들려주기를 원하신 것도 그것에서 크게 벗어나지 않을 게다.

햇살이 눈부시게 쏟아지던 푸른 하늘과 하늘 멀리, 땅 가까이서 평화로이 떠돌던 솜사탕 같던 하얀 그 구름들을 다시 보고 싶다.

자유

Liberty

IX —— 자유를 그리는 세상

치과의사에 대한 상상

마스크로 표정을 감춘 채 금속제 도구를 가지고 다가온다. 내 입 안을 뒤지며 치아의 한 곳을 치자 찌릿한 통증에 내 얼굴이 찡그려진다. "많이 상했네." 혼잣말하듯 한다. 끝없이 들려오는 소리, "치이 치이 치이… 쉬이익, 쉬이익" 뭔가 돌아가는 소리가 나고 가끔 찌르르 아프다. "신경치료를 해야겠네." 내게 하는 말이 아니라 꼭 독백 같다.

오고 싶지 않았다. 한번 오면 시키는 대로 계속 와야 할 듯하고 마치 원치 않는 긴 터널 입구를 제 발로 걸어들어 가는 것 같았다. 충치가 있어 때운 것이 빠지고, 세월이 지나 간격이 커지더니 구멍이 났다. 점점 견디기 힘들어 지더니 욱신욱신 쑤시고 살짝 닿기만 해도 신경이 곤두서고 몹시 아프다. 음식을 먹지 못하고 잠도 잘 수 없어 전화로 예약을 했다.

일차 진료를 마쳤는지 나를 일으켜 앉히고 옆의 환자에게로 간다. 유리창 너머로 헬스장이 보인다. 멀지 않은 곳에 노래방도 여럿 있다. 그런 곳에는 많은 이들이 즐거운 마음으로 간다. 그렇지만 가벼운 마음으로 치과에 올 수 있는 이들이 얼마나 될까? 아이나 어른이

나 가기 싫어하는 곳이 치과다. 그래도 오늘날은 치통을 느끼면 찾아갈 수 있는 치과가 있고 전문의가 있으니 다행이다. 예전의 선조들은 이가 아플 때 어떻게 했을까? 동물들도 이빨이 있으니 치통이 있을 텐데 그들은 어떻게 해결하며 살아가는지 궁금하다.

생각해 보니 치과의사가 쉬운 직업이 아니다. 누구도 자주 오고 싶어 하지 않고 기쁜 얼굴로 대하기도 어려울 게다. 하는 일도 언제나 크게 다르지 않으리라. 환자들 치아의 온갖 힘든 문제를 모든 기술과 경험을 동원해서 해결해야 하고 환자들은 그것을 당연히 여긴다. 대학부터 적어도 십여 년 이상을 배우고 익혀야 하는 전문직인데 직업에서 느끼는 만족도가 높지 않을 수도 있겠다.

많은 문화권에서 지능이 우수한 최고 수준의 학생들이 의대에 가고 의사가 된다. 그 과정이 무척이나 길고 험난하다. 그래서 전문가로, 지역의 유지로 대하고 존경한다. 경제적 수입도 일반 노동자와는 비교할 수 없이 높을 것이다. 여러 면에서 많은 이들에게 부러움의 대상이다.

그런데 이번에 치과치료를 받으며 느끼기는 생활의 대부분을 병원이라는 제한된 공간에서 보내고 환자들과 나누는 대화도 치료와 관련된 단순함에서 벗어나지 못할 듯하다. 경제적으로 여유야 있겠지만 웬만한 인내력이 아니면 견디기 힘든 일이라는 생각이 든다. 나라면 환자와 인간적인 이야기도 할 수 있고 개인적인 시간도 가질 수 있을 듯한 침을 놓고 뜸을 뜨는 한의사가 더 나을 것 같다.

혹시 치과의사 자신이 다람쥐 쳇바퀴 돌듯 사는 것 같다고 여겨 버스기사나, 일 톤 트럭에 어물을 싣고 궁벽한 마을을 누비는 행상을 해보고 싶어 하지는 않을까? 버스기사는 적어도 공간적인 답답함은 덜할 게다. 비록 정해진 곳이긴 하지만 여기저기 다녀볼 수 있고 많은 이들을 원하는 목적지까지 데려다준다. 트럭 행상은 계절의 변화를 실감하고 사람들 살아가는 모습을 보며 원하는 곳들을 다닐 수 있으리라.

긴장 속에 첫날 치료를 마쳤다. 삼 일 후에 다시 오란다. 누가 감히 거부할 수 있을까. 혀가 닿으니 따끔거리고 까끌까끌하다. 냄새도 유쾌하지 않다. 그래도 심하던 통증이 멎고 뽑아 버리고 싶었던 치아를 사용할 수 있게 되었으니 참으로 다행이다. 전문가의 능력이다. 본인은 틀에 박힌 단조로운 생활이라고 불만이 있을지 몰라도 지역민들의 건강한 삶을 위하여 없어서는 안 될 귀한 역할이다.

아마도 치과 전문의들은 그들의 일에 필요한 적성과 재능을 가지고 있고 많은 수련을 통하여 특수한 환경에 적응도 되어 있는가 보다. 직업에 대한 자부심이 대단하고 만족감도 높으리라. 병원에 들어올 때 고통으로 일그러진 얼굴이 치료 후에 밝아지는 것을 보며 비교할 수 없는 희열을 느끼리라. 그들은 피곤한 몸으로도 연민의 표정에, 부드러운 어조를 사용하고 자애로운 눈빛을 보여 준다. 전문가다운 풍모가 분명하다.

춤꾼 풍돌(風乭)이

온몸을 흔들며 신나게 춤을 추네. 숨이 가쁘지도 않나. 거칠고 큰 몸동작이 내 시선을 빼앗네. 대로변 한복판에서 부끄러움도 없이 잠시의 휴식도 취하지 않고 지친 기색도 없이 자꾸만 흔들어 대네. 온몸이 부서져라 추어대니 밤이면 온몸이 쑤시고 몸살 날 만도 한데, 오늘 아침 여전한 모습으로 또 요란하게 흔들고 있네.

그러니 타고난 춤꾼이지, 송풍기만 틀어 주면 하루 종일 춤만 추네. 바람 그치면 스르르 풀이 죽어 창고 한쪽에서 밤을 보내고 날 밝으면 다시 바람 먹고 살아나는 풍돌(風乭)인 게지. 우리 민족이 유난히 노래하고 춤추는 걸 좋아하고 한(恨)과 흥(興)이 많다는 걸, 무심결에 아는 게지. 흥으로 한을 풀 수 있다는 걸 어찌 알았을까. 가락이나 춤사위 없이 혼자서 몸만 흔들어도 그리 즐거울까. 함께하는 이 하나 없이 민망하지도 않은가 보네. 유연하게 때로 과격하게 꺾는 허리와 힘껏 제켜대는 어깨가 다치지나 않을까 보는 이가 외려 염려스럽네.

차에 탄 채로 풍돌이의 비밀을 보아 버렸네. 머리를 앞으로 숙이는 순간, 그 머리가 비어 있음을…. 유심히 보니 양 팔목도 비어 있었네.

비어 있으니 자유롭구나. 공(空)이요 허(虛)요 무(無)였으니 바람 따라 아무 근심 걱정 없이 온몸을 맡길 수 있네. 그럴 만도 하지. 머리에 뭔가 잔뜩 들어 있으면 저렇게 미친 듯이 흔들어댈 수 없지. 양손 가득 들고는 자유의 춤을 출 수 없고말고.

가득히[滿] 채워[實] 가져야[有], 편하고 즐겁고 자유로운 게 아닌가 보네. 가진 것, 막힌 것 없으니 바람 그치면 물처럼 쏟아져 별로 자리도 차지하지 않고 죽은 듯 있는 게지.

가득히 가진 것 빼앗길까 잃어버릴까 걱정하는 이들이나, 가진 것 없다는 걸 모르고 착각하며 염려하는 이들이나, 가득히 갖지 못해 안달하는 이들 생각하면 풍돌이는 이 시대의 신선 아닌가. 먹고 마시는 일도 잊은 채 바람 따라 제 몸을 맡기고 어느 곳 찢겨도 모르는 채, 주변 의식 않고 몰입해 바람 따라 춤만 추네.

내 차라리 풍돌이가 부럽네. 밤낮으로 솟아오르는 욕심 어쩌지 못해 덕지덕지 붙이고 사네. 마셔도 해갈되지 않는 한 모금 세상 지식에 목말라, 여기저기 이 책 저 책 메뚜기처럼 뛰어다니네. 세상사람 탐내지 않는 저 하늘 것 가지려 애태우다, 갖지도 못한 걸 잃을까 염려하는가. 말없이 춤만 추는 풍돌이의 무언의 깨우침 들리는 듯하네.

무얼 먹을까 마실까 입을까 염려하지 말라는 말, 매일처럼 들어도 그 근심에서 벗어나지 못하고, 어찌하면 그런 것들 내 곁에 쌓아 놓을까 궁리하기 바쁘네. 쌓아 놓지 않으면 못 먹는 이, 못 입는 이 없을 것을, 한편에선 다 먹지도 못할 걸 곡간지어 수북이 쟁여 놓고 지키려 애타하고, 다른 편은 먹을 것 입을 것 마실 물 없어 난리 아닌가. 아이들은 아는 걸 어른들은 모르네. 곡간 열어 수북이 쌓은 것 나누어 주면 모두가 기뻐 춤출 수 있다는 것을…. 이상한 건 나라는 부자 재산을 지켜 주기에 골몰하고, 많은 이들은 부자들을 한없이 부러워하고 그리되지 못해 안달하는 것이라네.

풍돌이가 춤추듯, 비우고 뚫리고 갖지 않아 홀가분한 채로 바람 따라 구김 없이 춤추고, 그 바람 그대로 흘러보내야 자유로운 걸, 그렇게 살지 못함이 한스럽네. 그렇게 살 것을 먼저 배우고 익히지 않아, 겉모습은 비슷해도 속은 영 딴 판이라네.

풍돌이는 주변에 눈 돌리지 않고 제 춤만 추거늘, 아는 이의 한마디 말에, 무심히 흩날리는 꽃송이에 걷잡지 못하고 흔들리는 내 마음이 슬프네. 혼자 있으면 잔잔하고 누구 앞에 서더라도 당당할 것 같던 마음이, 남들 앞에만 서면 왜 그리도 자주 파문이 일고 주눅이 드는 걸까. 그들 앞에서 풍돌이처럼 비어 있음의 흥겨운 춤을 추지 못하나.

풍돌이는 허리가 꺾일 듯 과격한 춤사위를 보이며 나를 향해 고개를 숙이네. 자신의 빈 머리를 보라는 듯이…. 바람 따라 내 쪽으로 빈손을 흔들며 너무 염려하지 말라네. 가슴에 켜켜이 쌓인 한(恨)이 흥(興)만으로야 깨끗이 씻길까마는 흥(興)이 진(盡)하면 비(悲)가 솟아오르고 비(悲)가 차올라 카타르시스를 이루면 후련함과 차분함이 찾아들 거라네.

언제쯤이면 비우고 덜어내고 내려놓는 게, 채우고 쌓아올리고 움켜쥐는 것보다 자유롭다는 걸 깨우치려나. 춤추는 풍돌이를 볼 때마다 빈 머리와 빈손을 새겨야겠네. 당당히 가슴을 제치고 과격히 허리를 꺾는 풍돌이의 춤사위가 내 눈길을 잡네. 모퉁이 돌고 또 돌아 보이지 않아도 풍돌이 내 머릿속을 떠나지 않네.

아름다움에 대하여

　알고 지내는 이의 아들이, 얼굴에 여드름 흉터를 지우기 위해 수술을 한단다. 취직을 하려면 면접도 적지 않고, 어떤 일이든 대인관계를 무시할 수 없으니 그 고민을 모를 바도 아니다. 남성 화장품이 호황을 누린다고 하고 화장 연령이 초등학생까지 낮아졌다니 판단이 쉽지 않다. 우리 사회의 날씬해지기 열풍을 누가 막을 수 있을까. 예뻐지려는 것이 다수의 욕망을 넘어 시대적 열망이 되었다.

　왜 아름다워지려는 것인가. 다른 이들의 시각을 장악해 어쩌려는 것인가. 아름다움을 추구하고 그것에 끌리는 것은 인간의 본능이다. 예술의 목적이 진선미(眞善美)의 추구에 있다면 아름다움은 권장해야 하는 것 같기도 하다. 문제는 지나쳐 한 방향으로 현격히 기울어져 있다는 게다. 우리 사회가 하나가 되어 외모지상주의 문화를 만들었다는 것이 비극이다. 육체적 아름다움이 모든 것인 양 평가하고 그 밖의 의미 있는 많은 요소들은 정당한 평가를 받지 못한다.

　외적인 아름다움이 경쟁력인 것은 분명하다. 하지만 불공평하다. 그것은 스스로의 노력보다는 부모에 의해, 선천적으로 결정되는 면이 많다. 20대 후반까지의 신장, 피부, 미모, 몸매는 물려받고 타고

난 것이라 하겠다. 큰 키에 희고 투명한 피부, 부러워할 만한 몸매와 외모가 정말로 좋기만 한 축복인가를 깊이 숙고해 볼 필요가 있지 않을까.

인간의 시각은 대상을 가리지 않는다. 산과 강, 나무로 상징되는 자연뿐 아니라 동식물 모두에게서 예쁜 모습을 찾기 원한다. 시장에 가 보면 채소와 과일이 어쩌면 그렇게 아름답고 탐스러우며 먹음직스러운지 감탄한다. 집에서 길러 보면 그렇게 수확하기가 쉽지 않음을 넘어 불가능하다. 상품가치를 높이려고 특별한 처리를 했음 직하다.

온 세상이 지나치게 인간 중심으로 돌아가고 있다. 인간이 숱한 생명체 중 하나지만 스스로 깨닫고 겸허해지기 전에는 "만물의 영장"이라는 망상(妄想)에서 벗어나지 못하리라. 아름다움을 향한 욕구는 인류의 역사와 궤를 같이한다. 그리스·로마 신화에도 불화의 여신이 초대받지 못한 결혼식에 찾아와 "제일 아름다운 여신에게"라고 기록한 사과 하나를 던지고 간다. 헤라, 아테나, 아프로디테가 서로 자신의 것이라고 우기다가 양치기 파리스에게 판결을 부탁하고 파리스는 세상에서 가장 아름다운 여인을 아내로 주겠다는 아프로디테의 손을 들어 준다. 여신의 약속에 따라 그리스 왕비 헬레네는 파리스와 사랑에 빠지고, 그 사건으로 무려 10년 동안 수많은 사상자를 내는 트로이 전쟁이 벌어진다. 철저히 아름다움으로 시작해서 아름다움으로 망가진다. 동서양을 가리지 않고 남녀가 함께 살아가는 사회에 끈질기게 되풀이 되는 사건들이다.

동화와 신화, 심지어 만화까지 아름다움의 추구는 맹목(盲目)에 가깝다. 그들의 마지막이 모두 행복하게 마무리되는 것은 아니다. 시기와 다툼의 원인이 되고 혼란에 빠져 모두가 파국으로 치달아, 비극으로 끝나는 경우가 얼마나 많은가. 역사에 빼어난 미인들은 흔히 파란만장한 삶을 살았다. 그들에게 평온한 삶이 허락되기는 어려운가 보다. 타의에 흔들리지 않고 자신만의 인생을 사는 데 도움이 된다면 차라리 아름다움과 일정한 거리가 있는 이들이 행복하다고 할 순 없을까? 주변의 시선에서 자유로워 자신이 세운 목표를 긴 세월 묵묵히 좇아가 그 분야에서 우뚝 설 수 있다면, 오히려 남의 눈에 쉽게 띄지 않는 것이 유리하다고 하면 억지이려나.

삼국지에서 제갈공명의 아내 황 씨는 학식이 대단하나 박색(薄色)이었다고 한다. 우리의 고전소설인 《박씨전》에 등장하는 주인공 박 씨 부인도 재주는 비상하나 무척 박색이었다. 우리 민족의 착한 성품은 박 씨 부인의 외모를 끝까지 지키지 못하고 허물을 벗겨 천하일색으로 변신시킨다.

우리 사회가 지나친 신체적 아름다움의 추구로 크게 기울어져 있다. 다양한 원인을 찾을 수 있지만 결국 우리 모두의 책임이지 싶다. 이 시대에 사상의 깊이가 얕다는 반증은 아닐까? 오늘날 문화의 찰나적이고 표피적인 특성들을 여러 면에서 언뜻언뜻 본다. 반만년 유구한 역사와 아름다운 전통을 가졌다는 우리다. 긴 역사에서 어느 순간 휘청거렸던 적이 있지만 그때마다 힘을 모아 지혜롭게 극복해

왔다.

　일대 대오각성(大悟覺醒)이 필요한 시점에 와 있다. 남들의 칭송에 마음 뺏기지 말고 내실을 단단히 다지는 기풍이 일었으면 좋겠다. 육체적 아름다움보다 자신의 분야 실력을 더 인정하자는 것이다. 정말 아름다운 이들은 자신의 일에 혼신을 다해 몰입하는 이들이 아닐까?

　나 스스로 주변 사람들을 신체적 감각으로 바라보고 평가하려는 잣대를 내려놓고 그들을 대하는 보다 깊이 있는 안목을 기르려는 노력을 기울일 일이다.

병산서원 김 군에게

흐르는 강물 백사장 복례문 만대루 입교당 마루. 앉거나 누워있는 탐방객들. 오후의 따가운 햇살은 많은 이들을 지치게 하고 환상 속에 들려오는 글 외는 소리도 활기가 없기는 매한가지네. 마당가의 두 그루 배롱나무마저 더위에 힘겨워할 때, 서원 둘레를 돌다가 자네를 만났지. 멍한 얼굴에 피곤에 지치고 의욕을 잃은 듯한 자네가 너무도 애처로웠네. 더벅머리에 흰 바지저고리, 손으로 입을 가리고 하품하는 걸 보면서 글공부가 수월치 않음을 눈치 챘다네. 잠깐 이야기를 하자는 내 말에도 자네는 바쁘다거나 싫다는 기색 없이 응해주더군(왠지 나도 자네를 그냥 지나칠 수 없었어).

짧은 시간에 개인적인 이야기를 깊이 나눈 셈이지. 자네는 갈등을 겪고 있다고 했어. 글공부에 재능이나 흥미가 없는데 큰 기대를 걸고 계신 부모님이 마음에 걸린다고 했지. 정작 하고 싶은 것은 자기(瓷器) 굽기와 그림과 장사라는 말에서도 고민의 흔적이 절절했다네.

자네 이름을 학관(學官)으로 지으신 할아버지 심정도 이해가 되네. '배워서 관리가 되라'는 한(恨) 맺힌 절규시겠지. 몰락한 양반가문이 글공부 외에 무엇으로 다시 일어설 수 있겠나?

먹먹한 심정으로 자네가 털어놓은 이야기가 나를 놓아주지 않네. 먼 친척의 주선으로 병산서원 추천서를 얻고 더없이 환한 얼굴로 돌아오신 아버지. 자네에게 알리시며 벌써 과거에 급제해 벼슬길에 든 듯 흡족해하시던 일. 며칠을 고생해 마련한 돈으로 스승께 드릴 선물과 몇 말의 쌀을 가지고 타박타박 걸어오던 흙먼지 풀풀 날리던 멀고 먼 길. 후렴처럼 되풀이하시던 "난 하나도 무겁지 않다, 아무 걱정 말고 넌 공부만 하라."는 말씀이 늘 귓전을 맴돈다고 했지. 그날 복례문 앞에서 옷차림을 가다듬고 자네 스승을 만나 문하생으로 허락을 받고는 감격에 겨워하시며 몇 번이나 고마움을 표하시던 모습이 생생하다고 했네.

동네에서 소학(小學)을 겨우 마친 자네에게 이곳의 글공부가 쉬울 리 없었겠지. 안 봐도 알아. 나이는 많고 실력은 달리고, 더하여 텃세까지 더해졌을 거야. 때로 자네가 하급생 숙사(塾舍)인 서재(西齋)에서 갈등하며 힘겨워했을 것도 아네. 자주 두고 온 마을 뒷집 꽃분이 생각이 나고 제대로 말도 못 하고 떠나온 것이 마음에 걸린다고 했지. 왜 아니겠나. 헤어질 때 자네의 슬프고도 간절하던 눈빛이 잊혀지지 않아 이렇게 편지를 쓰네.

돌아와 인터넷으로 자네 이름을 검색해 보았어. 17세기 인물은 나오지 않더라고…. 그건 자네가 이렇다 할 벼슬도 못하고 어떤 분야에서도 역사에 남을 만한 성과를 내지 못했다는 거야. 자네가 갑남을녀(甲男乙女)처럼 평범한 인생을 살다 간다는 거겠지. 내 생각에는 이제라도 집으로 돌아가 부모님께 모든 것을 솔직하게 말씀드리는 것이 가장 좋을 거야. 처음에야 무척 서운해하시겠지. 하지만 되지도 않을 일을 괴로워하며 젊음의 세월을 허비한다는 것은 너무 슬프고 억울한 일이야.

알아들으실 만큼 말씀드리면 자네에 대한 기대를 접으실 거야. 주변의 시선보다는 재능 있고 즐거운 일을 하는 것이 맞아. 그래야 행복할 수 있지. 자네가 행복하게 살면 부모님도 만족해하실 거야. 깊이 마음에 있으면 뒷집 처자와도 혼인을 하고 그릇 가마 근처로 살림을 나서 그릇을 굽고 틈나는 대로 그림도 그리며 구운 그릇 중 잘된 것이 있으면 시장에 내다 팔아도 좋지 않겠나. 나이가 더 들기 전에 여러 가지 일을 해 보면서 평생 할 일을 찾는 것이 바람직할 걸세.

먼저 스승님께 상의를 드려도 좋겠네. 어쩌면 스승님도 자네가 학문으로는 대성(大成)하지 못할 것을 알고 계시지만 추천인과 관계도 있어 먼저 말씀을 못 하시는지도 모르지. 그분은 많은 경험이 있으실 테니 부모님 앞으로 설득편지를 써 주실지도 모르지. 우리가 이 땅에서 살면 얼마나 살겠나? 그러니 매 순간을 행복하게 살아야지. 무슨 일을 한들 산 입에 거미줄이야 치겠나. 더구나 재능 있는 일을 즐거운 마음으로 한다면야 잘될 가능성이 훨씬 많겠지. 자신이 하는 일에 스스로 즐겁고 만족할 수 있다면 무얼 더 바랄까. 남들이 인정해 주면 더욱 좋지만 인정을 못 받는다 한들 어떤가. 임진란을 겪으며 유학의 무력함과 다수 선비들의 무능을 온 천하가 경험하지 않았나? 명석한 이들이 평생을 바쳐 글공부를 해서 그런 결과를 낸다면 자네 재능을 따라 편안하고 행복하게 사는 것이 모두를 위해 백 번 낫다는 생각이네.

　잠깐 만나서 짧은 이야기를 나누고 내가 성급히 조언을 한다는 생각도 금할 수 없네. 자네 부친이나 스승께도 못할 일을 하는 것이 아닌가 하는 염려도 있네. 최종 결정은 모든 걸 깊이 생각해서 자네가 내릴 일이네. 다만 내 의견이 그렇다는 것이야. 이 편지를 자네가 읽을 수야 없겠지만 사람은 영(靈)적인 존재니 내 생각을 깊이 하면 내 마음도 느낄 수 있을 거네. 서원 주변의 경치가 더없이 좋더군. 먼저 기분전환을 하게. 늘 건강하게나.

미련

　뿌연 하늘에서 눈발이 쏟아져 내린다. 임진년 부산 앞바다로 몰려오던 왜선들, 아니면 한국전쟁에 개입하려 국경을 넘던 중공군이 저러했을까? 곧게 벋은 아침 출근길에 날벌레들처럼 설군(雪軍)이 진격해 온다. 어린아이들 입학해 학교에 가고 개울가에 풀싹도 푸르러 가는 삼월 초 후반이다. 며칠째 늦봄 같은 날들이 계속돼 겨울은 멀리 떠난 줄 알았다. 한 철 머물며 큰 위세를 부린 탓인지 단기간에 잊혀짐을 인정할 수 없다는 듯 못된 심술로 출근하는 이들을 당황케 한다.

　늦은 밤부터 꾸준히 내린 눈이 아침이 되니 차량 앞 유리에 수북이 쌓였다. 눈에 대한 예우가 며칠 전과 다르다. 따뜻한 봄날에 날리는 눈발이 무엇이 두려우랴. 눈들로서는 망설임 없이 차창 밀개로 쌓인 눈을 내치고 축축한 도로를 빠르게 달리는 차들이 미웠나 보다. 지역에 따라 대설주의보가 내린 곳도 있단다. 좋았던 자신의 한 철이 밀려나는 게 몹시도 아쉬웠나 보다.

　얼마 전 휘날리는 눈발 속에 정들었던 책들을 처분하던 생각이 난다. 읽지도 않으면서 버리기는 아까워 이사 때마다 끌고 다니던 녀석들이었다. 긴긴 세월 사 모은 나의 분신들. 꽤 많은 단행본과 적잖은 전집들, 영어로 된 책들과 주석들. 한때 내 초라한 자존심을 지켜 주던 존재들이다. 아내가 버리자 할 때마다 언젠가 볼 거라 했다. 결심은 한순간에 왔다. 집을 치우며 정리하다 보니 거추장스럽고 수년간 안 본 책을 다시 볼 것 같지 않았다. 서가에서 책을 뽑아내니 후련하다. 며칠 쌓아 놓았다 폐지로 팔았더니 수만 원을 받았다. 책들을 마당에 쏟아 놓고 돌아서려니 미련이 내 뒤를 따라온다. 군대도 끌고 가고 결혼 후 30여 년 이상을 함께하던 것들을 치우니 감정이 묘하다. 아내도 내 눈치를 보면서 어떤 심정 변화로 안 하던 행동을 하지 않을지 걱정하는 눈치다.

힘겨웠던 신학생 시절부터 근근이 책을 사 모은 일이 잘한 걸까를 최근에 생각해 보았다. 내 나름의 결론은 아니라는 거다. 책을 사면 읽어야 하는데 많은 경우는 그렇지 못했다. 교수님들이나 선배들이 굶어도 책은 사라고 권했는데 어쩌면 그들이나 나나 열등감의 보상이 아니었을까 싶다. 가득한 서가가 넉넉한 지식을 보장해 줄까? 또 지식과 지혜가 비례하는가. 성경의 지식만 있으면 균형 잡힌 해석이 가능하려나. 다양한 분야의 지식과 깊은 사색이 필요하다. 때로는 전문분야에 깊이 정통하는 것보다 그 주변 분야를 얕게 아는 게 더 도움이 될 듯도 하다. 이제는 내 분야의 서적보다 주변의 책들을 보기 원한다. 때로는 책을 덮고 사색에 잠기고 싶다. 오랫동안 머물던 동굴에서 빠져나오고 있다. 미련이 많이 남지만 떨치려 한다.

삶의 전환기를 맞을 때마다 머물기를 원하면서도 떠나려 한다. 계절의 경계인 환절기에 겨울과 봄의 공존을 보면서 떠나기 아쉬워하는 겨울과 자리 잡으려는 봄을 몸으로 겪는다. 상황은 변하는데 습관을 떨치지 못하고 예전의 행동을 지속하며 그 안에 머물려 하는 아쉬움의 감정 상태가 미련이다.

아침에 세차게 내리던 눈도 봄에 저항하는, 자신의 모습을 지키려는 겨울의 안타까운 몸부림이 아닐까? 약간의 시차를 두고 그들은 세력을 잃는다. 그게 순리다. 한낮이 되어도 하늘은 흐리고 조금은 추위도 느껴진다. 거리의 가로수들이 눈 녹은 물에 젖어 촉촉하고 멀리 산봉우리와 언덕들은 흰 눈을 이고 있다. 아직은 자신의 세상이라는 듯 겨울이 마지막 위용을 보인다. 이 풍경이 사라지면 다시 언제 볼 수 있을지 모르니 아쉽기는 나도 마찬가지다. 내일부터는 다시 기온이 오르고 완연한 봄 날씨를 보이겠다는 일기예보를 듣는다.

예년보다 눈이 많고 추웠던 이번 겨울도 심술 한 번 더 부리고 봄에 밀려가는가? 함께 나이가 들어가는 동료들은 생각도 비슷한가 보다. 이야기를 나누다 보면 봄을 기다리는 심정이 유별나다. 장년의 때가 깊어 간다. 건강이 주요 화제가 되고, 병으로 고생한 이들 소문을 심심찮게 듣는다. 마음은 푸르른 데 몸에서 젊음이 한 가닥씩 떠나고 있다. 청춘이 더욱 아쉽고 가는 세월에 미련이 남는다. 공간은 채우는 게 아니라 비우는 거다. 그래야 여유가 있다. 하지만 치워도 잘 비워지지 않는다. 서가는 어느새 다시 차고 사색을 위한 공간은 미룰 수 없는 일들이 차지한다.

눈발은 어느덧 멎고 도로는 다시 건조하다. 밀려감에 거부의 몸짓을 보이던 겨울도 자신의 하는 일이 부질없음을 모르지 않을 게다. 되돌릴 수 없음을 알지만 미련이 남는다는 감정풀이다. 처분당한 내 책들은 어디쯤 가서 어떤 힘겨운 일을 당하고 있을까? 내 삶의 긴 세월을 함께해 준 그들에게 못 할 일을 한 건 아니었는지…. 그들도 내 서가에 갇혀 숨 못 쉬고 죽은 듯 지내느니 몇 번의 변신을 거쳐 새로운 모습으로 의미 있게 살기를 바랐을 게다.

미련은 되도록 짧게 그치고, 새로운 환경으로 목표를 향해 가는 거다. 겨울이 가면 봄이 오고 봄 후엔 여름이 있다. 갈수록 좋은 때가 오고, 내 황금기는 아직 머리카락도 보여 주지 않는다. 이제 미련을 떨치고 새 희망을 바라볼 때다.

들꽃처럼

　얼마 전 비(B)급 공업사에서 차량 도색을 했다. 차가 오래되어 외부에 조금씩 녹이 슬어 가니 보기 민망했다. 잘 모르기도 하려니와 까딱하면 찻값보다 도색비가 더 들 것 같아 흉하게나 보이지 않았으면 해서 손을 본 것이다. 차를 바꿀 형편도 되지 않거니와 날 위로 삼아 한 것 같은 아내의 말에 공감이 되기도 했다. 작은 교회 목회자가 좋은 차를 타는 것이 흉이지 헌 차를 타는 것은 괜찮다는 것이다. 나도 차에 이동수단 이상의 의미를 두지 않는다. 더러는 차가 신분을 보여 주는 상징물이라고 하고 그런 듯도 하지만 구태여 마음에 담아 두고 싶지 않다.

　도색을 하고 두세 주가 지났을 무렵 조금 높은 곳에서 보니 흙색으로 녹이 다시 보인다. 설마 얼마나 됐다고. 시공하는 분이 특별히 신경 써서 해 주었다고 했는데, 그렇지만 날이 갈수록 분명했다. 연락을 해서 보수처리를 하자고 했다. 그 일을 차일피일 미루다가 명절 전에 한다고 며칠 전에 다녀왔다. 시공을 하는 데가 번화한 곳을 벗어나 한적한 곳에 있어서 차를 맡기고 주변 마을을 걸었다. 가까운 곳에 진입로가 아름답고 마당이 예쁜 집이 있어 나와 아내가 길가의 꽃과 마당을 구경하며 어정거리니 주인인 듯한 분이 런닝셔츠를 입고 우리를 보고 계셨다. 아내가 꽃과 정원이 너무 아름다운데 구경을 해도 되냐고 하니 구경하란다. 은근히 그러기를 바란 말투다. 전문적인 식견이 있으신 것 같다고 하니 그렇지는 않다면서 집 가꾸는 어려움을 털어놓는다. 작은 연못도 있고 여러 종의 나무와 꽃들이 있다. 꽤 넓은 밭이 있어 주말이면 가족들을 데리고 자녀들이 찾아온단다. 늙어서 이런 것 말고 뭐 할 것이 있냐는 말속에는 자부심이 가득하다. 지나는 이들 중에 마당을 잘 가꾸었다고 얘기들을 하고 들여다보는 이들이 적지 않단다. 그분의 노고가 보이는 것 같다. 왜 힘들지 않으랴. 날마다 오전에 하는 일이 꽃과 나무들과 밭작물을 돌보는 것이라 하니 쉬운 일이 아니다. 그렇게 애써서 많은 이들에게 마음의 안정과 아름다움을 선사하니 얼마나 근사한 봉사를 하는 것인가.

그런데 정작 내 마음을 잡아 끈 것은 진입로에 자리 잡은 작은 젖꼭지 모양의 빨간 꽃들이었다. 어디선가 본 들꽃인데 생각나지 않았다. 그 꽃이 한두 송이가 아니고 삼십여 미터는 족히 될 거리를 한쪽으로 도열하듯 메우고 있으니 환영받는 느낌이다. 수수하지만 그렇게 예쁘다고 할 수 없는 꽃들이 무리지어 함께 있으니 정감이 가득하고 인상이 강렬했다. 마을길을 따라 걷다가 돌아오는 길에서는 연한 노란색의 작은 꽃을 보았다. 누가 그토록 은은한 색깔을 낼 수 있을까. 아무렇지도 않은 듯 길가 한쪽에 툭 솟아나 내 마음에 맑은 종소리를 울리고 있다. 무슨 꽃이 저리도 예쁘고 아련할까. 눈이 스르르 아래로 내려가니 그곳에는 눈에 익은 씀바귀 잎사귀들이 보였다. 처음으로 씀바귀 꽃이 내 마음에 들어왔다. 전에 그 꽃을 보았는지 모른다. 마음 없이 보는 것은 보지 않는 것이요 아무런 의미도 없다. 어디서 구하든 우리 작은 꽃밭에 씀바귀를 심어야겠다. 마음에 들어왔으니 여러 곳에서 자주 눈에 띄겠지만 울안에 두고 아침저녁으로 보는 것만 하겠는가.

그곳에 그 꽃들을 보러 간 것은 아니다. 그럴 계획조차 없었다. 하지만 본래의 목적보다 더 큰 덤을 얻었다. 하루 종일 그 꽃들이 내 속에 피어 있고 마음이 즐거웠다. 분주한 중에 인터넷을 찾아보았다. 몇 군데 여름 들꽃 사진을 뒤지니 그 마을에서 본 빨간 꽃이 눈에 띄었다. "엉겅퀴꽃", 그것이었다. 어릴 적 살던 곳에서 자주 보았던, 눈에 익은 꽃이었지만 잊었던 그들을 오늘 다시 만난 게다. 오십 년 전 친구를 다시 만나면 그토록 기쁠까. 내게는 아마도 그렇지 못하리라. 내 천성이 덤덤하고 감정이 무디어 깊이 사귀고 정을 준 친구가 없어 그런가? 오래된 친구를 만나도 몇 번 지나면 다 그 얘기가 그 얘기 같고 추억 나누기도 시큰둥해진다. 차라리 아무 말 없이 한결같은 모습으로 대해 주는 들꽃들이 편하다. 내 자신이 지나치게 이기적이라는 자각이 있어 난감하면서도 어떻게 해 볼 도리가 없다.

내 삶에 엉겅퀴와 씀바귀 같은 이들을 얼마나 만날 수 있을까? 세월과 함께 마음이 자연으로 향한다. 제자리에 다소곳이 피어나 내

마음에 큰 울림을 주는 소박한 들꽃들, 나도 그렇게 누군가의 마음
에 작은 울림을 주는 꽃이고 싶다.